AF219845

Elfi Sinn

Machen wir es wie Miss Marple! -1-

Cosy-Crime-Geschichten

Bibliografische Information der Deutschen Nationalbibliothek:
Die Deutsche Nationalbibliothek verzeichnet diese Publikation in
der Deutschen Nationalbibliografie; detaillierte bibliografische Daten sind im Internet unter http://dnb.dnb.de abrufbar.

© 2022 Elfi Sinn

Herstellung und Verlag:

BoD – Books on Demand Norderstedt

Titelbild: Matthias Handrek

mit Motiven von 123RF

ISBN:9 783 755 738 749

Inhaltsverzeichnis

Wer ist wer?

Tessie Sommer, Kindergärtnerin, mit roten Locken, ist eine geborene Optimistin. Ihr Lieblingsspruch ist: Es hätte schlimmer kommen können. Sie verliert ihr Lebenswerk und gewinnt dennoch viel mehr, als sie erwartet hätte. Sie liest leidenschaftlich gerne Krimis.

Lea Sommer, Köchin, Mutter von Tessie, mit immer noch roten Locken, fühlt sich ihrem Amazonen-Erbe verpflichtet und lässt sich trotz eines großen Verlustes nicht so leicht unterkriegen. Sie liest leidenschaftlich gerne Krimis.

Polly Sommer, Konditorin, Tochter von Tessie, mit langen roten Haaren, hat einige Krisen und Enttäuschungen überstanden und hofft noch auf echte Liebe und Erfolg für ihre Backleidenschaft. Sie liest leidenschaftlich gerne Krimis.

Rina Sommer, Tochter von Polly, mit roten Zöpfchen, kann manches, das noch passieren wird, ziemlich genau vorausahnen. Sie liest leidenschaftlich gerne Krimis und besucht die 2. Klasse.

Dennis Braun, Architekt, hat Schweres durchgemacht und falsche Rücksichten genommen, ist leidenschaftlicher Fan der Peanuts.

Charlie Braun, Sohn von Dennis, mit schokoladenbraunen Locken, ist ein heimliches Computer-Ass und besucht die 3. Klasse. Er besitzt einen Hund namens Snoopie

Katja, beste Freundin von Tessie, Heilpraktikerin für Psychotherapie.

Julian Richter, Geschäftsführer in Henrys Weinhandlung.

Fabian Köster, ehemaliger Polizist, arbeitet als Privatdetektiv und schreibt Krimis.

Dr. Christian Winter, Rechtsanwalt.

Heidi, Henny, Nicki, ehemalige Kolleginnen von Tessie, die beim Aufbau des Karrees helfen und auch dort einziehen
Außerdem einige unbekannte oder auch ungenannte, aber nicht weniger wichtige Personen, die Anlass zu Nachforschungen geben oder bei den Ermittlungen helfen.

Als Inspiration, Anregung und mit praktischen Tipps sind auch folgende berühmte und bekannte Detektivinnen und Hobby-Detektivinnen indirekt vertreten:

Miss Jane Marple von Agatha Christie,

Jackie Dupont von Eve Lambert,

Goldy Schulz von Diane Mott Davidson und

Flavia de Luce von Alan Bradley

Die Brandstiftung

Auch nach der dunkelsten Nacht folgt immer ein heller Tag.-
Amerikanisches Sprichwort

„Nein, tun Sie das nicht! Oh, verdammt…"

Tessie Sommer sah wie die Flammen an der Hauswand emporloderten und alles verzehrten, was sie sich in den vergangenen dreißig Jahren aufgebaut hatte. Und sie konnte nichts tun!

Ihre Hände waren mit Kabelbindern gefesselt. Sie versuchte sich zu erinnern, wie sie hierher gekommen war, aber da gab es nur überwältigende Schwärze.

Trotz des Feuers fröstelte sie und versuchte hektisch die Fesseln zu lösen. Irgendjemand musste sie überwältigt und aus dem Bett gezerrt haben, denn sie trug nur einen Schlafanzug und war barfuß. Wie konnte das sein?

Sie versuchte wieder krampfhaft nachzudenken, aber das fiel ihr enorm schwer. Also hörte sie auf zu grübeln.

Da vernichtete jemand gerade ihr Lebenswerk, sie musste etwas tun! Obwohl ihre Handgelenke schon wahnsinnig schmerzten, zog sie weiter an den Plastikstreifen.

Angst verspürte sie kaum, aber eine wachsende Wut auf den Täter. Sie konnte ihn nicht sehen, aber es musste ein Mann sein, der sie brutal hierher gezerrt hatte. Wenn sie doch wenigstens nach ihm treten könnte! Aber er hielt sich ständig hinter ihr, bisher hatte sie nur seine Hand mit einem Flammen-Tattoo gesehen.

Wieder bewegte sie ihr rechtes Handgelenk und spürte endlich einen Hoffnungsschimmer, denn der Kabelbinder lockerte sich etwas und sie konnte ihr Handgelenk, das schon vom Blut glitschig war, herausziehen. Wenn sie jetzt noch die zweite Hand… Sie zog heftig, schlug um sich und schrie.

Dabei wachte sie auf, schweißnass und die Bettdecke seltsam verdreht um die Arme geschlungen. Sie stöhnte auf, als sie zum Wecker sah. 3.30 Uhr!

Wieder dieser verfluchte Alptraum, der sie jede Nacht heimsuchte, seit sie vor vier Tagen gefesselt mit ansehen musste, wie ein maskierter Unbekannter ihren Kindergarten abfackelte.

Sie setzte sich auf und schüttelte bei der ständigen Erinnerung daran, wieder den Kopf.

Auch nach all dem Grübeln konnte sie einfach keinen Grund finden, weshalb ihr jemand so etwas antat. Hatte jemand etwas gegen Kindergärten oder gab es ein privates Motiv? Hatte sie irgendjemanden unabsichtlich verletzt oder beleidigt?

Aber sie war sich keiner Schuld bewusst und konnte sich auch nicht vorstellen, dass ein Mensch derartig heftig reagieren würde. Früher hätte sie angenommen, dass es vielleicht um das Grundstück gegangen wäre und sie einem Investor in die Quere gekommen sei.

Inzwischen gab es aber ein Gutachten, nachdem das Grundstück kontaminiert und so gut wie wertlos war. Aber warum wurde dann ihr Kindergarten zerstört? Und warum musste sie das jede Nacht immer wieder erleben?

Selbst am Tage wanderten ihre Gedanken unweigerlich in diese Richtung und sie erlebte die Hilflosigkeit und den Schrecken immer wieder.

Die Wunde am Handgelenk war schon fast verheilt, aber ihr Inneres war noch total erstarrt, denn dieser Vorfall hatte ihr Weltbild extrem erschüttert.

Eigentlich war ihr bisher fast alles gelungen und sie hielt sich für ein Sonntagskind des Schicksals. Damals als sich das Leben aller politisch wendete, hatte sie gerade noch ihre Pädagogische Fachschule abschließen können, aber die Kindergärten, die sie kannte, gab es nicht mehr.

Kurz entschlossen gründete sie einen Verein und gestaltete ein leerstehendes Haus mit Grundstück zu einem Kindergarten um, das sie später auch kaufen konnte.

Als Jüngste übernahm sie die Aufgabe der Chefin und es hatte bisher immer wunderbar geklappt. Sehr schnell war ihr Kindergarten der beliebteste weit und breit geworden.

Daran änderte sich auch nichts, als der wirklich begabte Musiker Jimmy zu ihr zog und ihre Tochter Polly geboren wurde. Anfangs half ihre Mutter Lea, die zusätzlichen Aufgaben zu bewältigen, aber es gab ständig Streitereien mit Pollys Vater, vor allem wegen seiner Neigung, sich jeder Verantwortung als Vater und Partner zu entziehen. Genau genommen hätte Tessie ihrer Mutter zustimmen müssen, aber deren herrische Art war schon immer etwas gewesen, das ihren Widerspruchsgeist hervorgerufen hatte.

Als sich die Mutter zurückzog, blieb ihr gar nichts anderes übrig, als den nichtsnutzigen Jimmy selbst vor die Tür zu setzen und ihre Tochter alleine groß zu ziehen. Mittlerweile war Polly erwachsen, hatte selbst eine Tochter und war beruflich sehr erfolgreich, aber leider nicht in der Liebe.

Auch Tessie hatte versucht die Tochter zu warnen, nur hatte die eben auch ihren eigenen Kopf. Genau wie sie damals.

Sie lächelte. Obwohl sie mit ihrer Tochter schon sehr lange zerstritten war, wusste sie über alles Bescheid, denn Rina, ihre Enkelin, telefonierte regelmäßig mit ihr.

Wieso hatte Rina eigentlich genau an dem Tag nach dem Feuer angerufen? Sie hatte sehr aufgeregt geklungen, so als ob sie auch schon Dinge vorausahnte, wie sie früher auch. Rina hatte sich aber gleich beruhigt, als sie hörte, dass ihre geliebte Omi fast unversehrt war.

Was natürlich nicht stimmte, aber Rina war so ein freundliches und liebevolles Kind und musste nicht auch noch beunruhigt werden.

Tessie seufzte und drehte sich wieder auf die andere Seite, während sie das Bild der Kleinen auf dem Nachttisch betrachtete.

Auch mit dem leichten Lächeln im Gesicht, schien sich der Schlaf nicht einzustellen, weil ihre Gedanken sofort wieder zu dem Ereignis wanderten, das ihre gesamte bisherige Einstellung auf den Prüfstand stellte.

Bisher war das Glas für sie immer halbvoll und ihr Spruch bei allem gewesen: *Es hätte schlimmer kommen können.*

Und hier kam es schlimmer und zwar knüppeldicke!

Anfangs war sie nur froh, dass kein Mensch zu Schaden gekommen war und ein Haus konnte man schließlich wieder aufbauen, immerhin war sie gut versichert. Deshalb hatte sie auch noch am Tag nach dem Brand den Schaden gemeldet, aber dann begannen weitere Probleme.

Statt die großzügige Schadenersatzsumme möglichst schnell zu überweisen, sperrte sich die Versicherung. Da es bisher weder einen Täter noch ein erkennbares Motiv gab, vermutete die Versicherung, Tessie selbst habe den Brand gelegt und bezog sich auf das Gutachten vom Umweltamt. Die Bereinigung des kontaminierten Bodens würde Unsummen verschlingen und einen Versicherungsbetrug denkbar machen.

So hatte es ihr die Mutter eines Kindes zugeflüstert, die bei dieser Versicherung arbeitete. Natürlich hatten ihr das, die Schadensermittler so nicht erklärt, aber man verschleppte die Bearbeitung und so konnte sie nicht in ihrer üblichen Art, sofort wieder aufbauen, was gebraucht wurde.

Fälschlich verdächtigt zu werden und dazu noch untätig sein zu müssen, war etwas, das Tessie absolut überforderte.

Und natürlich die ständigen Alpträume, die an ihrem Selbstwertgefühl nagten. Das Wissen, jemandem ausgeliefert gewesen zu sein und keine Erinnerung daran zu haben, was wirklich passiert war und vor allem weshalb, beschäftigte sie ständig.

„Es ist zum Verzweifeln", stöhnte sie und schleppte sich in die Küche, um sich einen Melissentee zu machen, den ihre Freundin Katja immer für solche Situationen empfahl.

Als sie im Flur an dem großen Garderobenspiegel vorbeikam, schob sie seufzend, die immer noch leuchtend roten Locken aus dem Gesicht.

„Du hast auch schon besser ausgesehen", murmelte sie, als sie den matten Blick, die Augenringe und die scharfe Falte zwischen den Brauen registrierte.

Noch letzte Woche hatte sie sich viel jünger gefühlt, da hatten ihre grünen Augen unternehmungslustig gefunkelt, ständig hatte sie neue Ideen gehabt.

Wieso fiel ihr jetzt nichts ein, was ihr helfen würde?

Über den Mann würde sie sicher nicht Neues heraus finden, aber vielleicht über den Brand?

Die Polizisten, die ihren Fall untersucht hatten, schienen sie nicht verdächtigt zu haben. Sie hatten ja auch das Blut und die Wunden an den Handgelenken gesehen, auch wenn die Fesseln verschwunden waren, als der Hausmeister des Kindergartens, sie gegen 4.00 Uhr auf dem Rasen des Spielplatzes gefunden und die Feuerwehr alarmiert hatte. Da er in der Nähe wohnte, schien er auch als erster die Flammen bemerkt zu haben. Oder gab es dafür auch andere Gründe?

Tessies Gedanken schossen in alle Richtungen.

Die Polizei war erst von den Feuerwehrleuten gerufen worden, als sie die blutende und leicht orientierungslose Frau am Brandort gefunden hatten.

Die Polizisten hatten zunächst die Riesenbeule an ihrem Hinterkopf begutachtet und ihre Aussage protokolliert. Der ältere der beiden, war dann mit ihr in die Klinik gefahren, wo ihr Blut abgenommen, die Wunden an den Handgelenken versorgt und eine Vergewaltigung ausgeschlossen wurde.

Also haben sie mir doch geglaubt, überlegte Tessie, während sie ihren Tee in kleinen Schlucken trank.

Andererseits hatten die Brandermittler zwar die Brandstiftung zweifelsfrei festgestellt, aber keine Einbruchsspuren finden können. Das sprach wieder gegen sie. Wenn ich mich doch nur besser erinnern könnte! Vielleicht weiß ich ja doch etwas mehr über den Täter und habe es einfach verdrängt?

 Sie wurde schläfrig, Katjas Tee schien zu wirken. Vielleicht kann mir Katja auch bei diesem Problem helfen, dachte sie noch, ehe sie wirklich einschlief.

Für den nächsten Tag hatten die Brandermittler das Gebäude oder die Reste davon freigegeben. Deshalb machte sie sich gleich morgens auf den Weg, um mehr über den Brand zu erfahren, um vielleicht Spuren zu finden und sich auch ein Bild über das Ausmaß der Schäden zu machen.

Der Weg war nicht weit, nur zwei Querstraßen weiter, aber mit den ersten Schritten begann sich ihr Gedankenkarussell schon wieder zu drehen. Es gab so vieles, was ihr unklar war.

Die Brandermittler hatten ihr erklärt, dass das Feuer mittels einer Zeitschaltung gezündet worden sei, die vor Ort mit einem Handy ausgelöst wurde. Hätte dafür nicht jemand eine solche Vorrichtung im Haus anbringen müssen?

Der Hausmeister und sie waren an jenem Tag die letzten gewesen, die das Gebäude verlassen hatten. Sonst hatte doch niemand einen Schlüssel!

Noch ehe sie das Grundstück erreichte, wurde sie von einem empörten Ehepaar angegriffen. „Alle Achtung, das haben Sie ja wirklich gut geplant!" Die Frau klatschte höhnisch lächelnd Beifall. „Sie fackeln alles ab, kassieren eine riesige Versicherungssumme und wir müssen sehen, wo wir unsere Kinder unterbringen. Das ist sowas von verantwortungslos!"

Tessie wurde blass. Dieses Ehepaar hatte zwei Söhne in ihrem Kindergarten und bisher hatte sie sich mit beiden immer gut verstanden. „Wie, wie kommen Sie denn auf so etwas?"

Sie war so entsetzt, dass sie fast stotterte, aber die beiden schienen mit ihr fertig zu sein und wandten sich einfach ab.

„Frau Köpping hat uns über alles informiert. Sie sollten sich schämen", rief ihr die Frau noch über die Schulter zu.

Tessie wurde schwindlig. Halt suchend lehnte sie sich an das steinerne Becken des Brunnens, der dort schon stand, als es noch keinen Kindergarten gab.

Für einen kurzen Moment fühlte sie sich wie in einen Strudel hineingezogen, aus dem es keine Rettung gab. Aber dann meldete sich ihre Wut wieder.

Was brachte ihre Stellvertreterin dazu, solche Lügen über sie zu verbreiten? Sie hatte die Frau, die bei den anderen nicht sehr beliebt war, immer in Schutz genommen, sie geduldig gefördert und viel zu oft dabei die unguten Gefühle verdrängt. Und genau das schien sich jetzt als Fehler herauszustellen. Das würde sie klären, und zwar gleich!

Auf dem Grundstück liefen offenbar die ersten Aufräumarbeiten. Zwei Männer trugen einige Möbel ohne Brandschäden aus dem Haus und luden sie auf einen Kleinlaster.

Wer hatte das veranlasst? Wütend stürmte sie in das ausgebrannte Haus, das noch relativ stabil erschien, da das Feuer fast nur in dem Teil, der zum Spielplatz zeigte, gewütet hatte. In einem der hinteren Räume, der einmal ihr Büro war, fand sie Frau Köpping, die offensichtlich gerade den Schreibtisch durchsuchte.

„Was machen Sie hier? Wer gibt Ihnen das Recht, in meinen Sachen zu wühlen?"

Helma Köpping war eine große, athletisch gebaute Frau, die hinter ihrem Rücken von einigen Kolleginnen „Knüppelkuh" genannt wurde, in Anlehnung an den amerikanischen Film *Matilda*.

Jetzt schob sie, genau wie diese Filmfigur, ihre dünnen, mausbraunen Haare zurück und stemmte die Hände in die Seiten, wie um ihre Muskeln spielen zu lassen.

„Na, Sie haben es ja gerade nötig! Ich dachte, Sie wären schon im Knast, was wohl das Beste wäre. So eine Schande! Fackelt den eigenen Laden ab und liegt dann noch stockbesoffen auf dem Spielplatz!"

Im ersten Moment hätte Tessie das Weib erwürgen können, zähmte aber ihr Temperament, um die wichtigste Information zu überprüfen. „Wer hat gesagt, ich sei betrunken gewesen?"

Ihre Stimme war gefährlich leise geworden. Frau Köpping, die dem Unterschied keine Bedeutung mehr beimaß, antwortete höhnisch.

„Na, der Hausmeister hat das doch gerochen, als er sie aufgelesen hat. Ich habe alle Eltern darüber informiert. Es wird das Beste sein, wenn Sie sich hier nie wieder blicken lassen. Ihre persönlichen Unterlagen habe ich bereits gepackt. Wegen des Grundstücks wird sich mein Anwalt bei Ihnen melden, damit ich diesen Kindergarten wieder aufbauen kann. Auf Nimmerwiedersehen!"

Tessie nahm den Karton wortlos und wie versteinert entgegen.

Nur die Tatsache, dass sich ihr Gehirn mit der Lüge des Hausmeisters beschäftigte, bewahrte sie davor, handgreiflich zu werden oder etwas zu zerschlagen. Im Moment wollte sie nur noch eins, nach Hause und sich neu sortieren.

Hier läuft doch etwas völlig verkehrt, hätte sie am liebsten laut geschrien. Ich bin angegriffen worden, jemand hat mich zum Opfer gemacht und alle benehmen sich, als sei es meine Schuld!

Zuhause ließ sie den Karton schon im Flur achtlos fallen. Im Wohnzimmer schlüpfte sie in ihre wärmste dunkelgrüne Strickjacke und rollte sich so auf der Couch zusammen, als wollte sie sich vor dem Rest der Welt schützen.

Die Lage schien hoffnungslos, ihre Gedanken drehten sich im Kreis. Was bleibt mir noch? Mein Kindergarten ist zerstört, mein Ruf offensichtlich auch. Konnte es wirklich noch schlimmer kommen? Wird man mich vielleicht auch noch anklagen?

Zum ersten Mal in ihrem Leben war sie wirklich ratlos. Was kann ich jetzt noch tun, soll ich einfach aufgeben?

Einen kurzen Moment war sie fast dazu bereit, aber dann meldete sich ihr Kampfgeist erneut. Nein! Ich werde mich wehren!

Eine Amazone weicht nur deshalb zurück, um richtig Schwung für den nächsten Angriff zu holen. Wie oft hatte sie das von ihrer Mutter gehört? Sonderbar, dass sie sich jetzt daran erinnerte.

Gerade als sie eine größere Packung Schokoladeneis aus dem Gefrierfach angelte, um sich moralisch zu stärken, klingelte es.

Einen kurzen Moment durchfuhr sie die Angst. Kamen sie jetzt schon, um sie festzunehmen? Aber dann setzte die Vernunft wieder ein. Wollte sich etwa noch jemand mit ihr anlegen?

Das können sie gerne haben, dachte sie und riss wütend die Tür auf, um im nächsten Moment erleichtert, ihrer ältesten und besten Freundin Katja um den Hals zu fallen.

„Wo kommst du denn her? Hast du geheime Informationen darüber, wann ich dich am dringendsten brauche?"

Katja lachte und schüttelte ihren dunkelbraunen Bob, in dem einige silbergraue Strähnen schimmerten. Sie wies auf den kleinen eleganten Koffer, den sie hinter sich her zog.

„Ich habe hier eine Fortbildung und würde gerne dein Gästezimmer nutzen. Das habe ich dir auch gemailt, aber ich weiß, dass du im Moment andere Sorgen hast. Der Taxifahrer hat mir schon einiges erzählt. Meine Fortbildung beginnt erst in zwei Tagen, also kann ich dir helfen, bei allem was nötig ist."

„Kannst du denn deine Praxis so lange schließen?"

Tessie war erstaunt, denn normalerweise arbeitete ihre Freundin sehr begeistert in ihrer Heilpraxis, aber meist viel zu viel.

Katja schüttelte wieder lächelnd den Kopf. „Seit ich das neue Wundergerät gegen Allergien habe, übernimmt das mein Mann liebend gerne, er hat damit in seiner Arztpraxis ungeheuren Erfolg. Also was genau ist bei dir passiert?"

Nachdem Tessie bei einer Tasse Tee alles berichtet hatte, woran sie sich erinnern konnte und auch die Alpträume und das ständige, zwanghafte Grübeln über das Geschehene beklagte, nickte Katja verstehend. „Diese Hilflosigkeit ist für dich eine absolute Ausnahmesituation, eine wirklich traumatische Erfahrung, die noch nicht verarbeitet ist. Deshalb hast du jetzt so etwas wie eine emotionale Endlosschleife in deinem Energiesystem. Die sorgt dafür, dass du, durch die kleinste Erinnerung daran, das Ganze wieder durchlebst und dich zwanghaft damit beschäftigst, wie eine Schallplatte, die immer wieder an der gleichen Stelle hängt.“

„Das hört sich furchtbar an.“

„Stimmt und es wäre schlimm, wenn es so bleiben würde.“

Katja strich ihr beruhigend über die Schultern. „Aber da können wir etwas machen. Am besten gleich, aber was ich bis jetzt nicht verstehe: Wie kam jemand in deine Wohnung und wie konnte er dich überwältigen? Du hast doch immer solche asiatischen Kampfsportsachen gemacht und uns früher beschützt, wenn wir nachts um die Häuser gezogen sind.“

Tessie sah sie betroffen an. „Das kann ich mir überhaupt nicht erklären. Anfangs dachte ich, es sei Müdigkeit gewesen, aber ich konnte mich kaum bewegen, nicht einmal richtig denken. Du glaubst auch, ich sei betäubt gewesen?“

„Ja, aber bei einer Injektion hättest du bestimmt schon die Einstichstelle bemerkt und das wäre auch bei der Untersuchung in der Klinik aufgefallen. Kannst du dich erinnern, was du an diesem Tag als letztes gegessen und getrunken hast?"

Tessie schüttelte zwar zweifelnd den Kopf, zählte aber brav auf:

„Am Nachmittag habe ich mit der Leiterin eines anderen Kindergartens einen Kaffee getrunken. Wir wollten eine Kooperation vereinbaren, aber das hat sich wohl jetzt erledigt. Abends habe ich mir den Rest von meiner Bohnensuppe aufgewärmt und dann bin ich schlafen gegangen. Nein, das stimmt nicht ganz. Vorher habe ich noch mein Edelsteinwasser ausgetrunken, das du mir gegen Stress empfohlen hast."

„Solltest du das nicht tagsüber trinken?" Katja schaute tadelnd, aber Tessie grinste nur beschwichtigend.

„Sonst mache ich das auch, aber an diesem Tag kam ständig was dazwischen. Die Flasche stand in meinem Büro, aber ich hatte einfach keine Zeit."

„Und in dein Büro kann jeder hinein? Du schließt doch bestimmt nicht ab."

Tessie reagierte ein wenig schuldbewusst, aber auch empört.

„Du denkst doch nicht, dass es jemand von meinen Leuten war? Na ja, inzwischen weiß ich, dass ich da auch ein paar übertriebenen Vorstellungen hatte."

„Wenn wirklich in deiner Abwesenheit etwas in die Flasche gelangt ist, könnte man den Personenkreis doch eingrenzen, oder?"

„Katja, das ist wirklich brillant." Tessie begann etwas Hoffnung zu verspüren. „Vielleicht kann man diesen ganzen Schlamassel doch aufklären. Ich bin schließlich mit den Geschichten von Miss Marple aufgewachsen und habe selbst genügend Krimis gelesen, um weitere Ansatzpunkte zu sehen."

Sie lehne sich etwas entspannter zurück und spürte, wie ihr neue Ideen durch den Kopf schossen.

„Vielleicht beginnst du erst mal damit, deinen uralten Anrufbeantworter abzuhören, der schon die ganze Zeit beharrlich leuchtet, bevor du zu Sherlock Holmes wirst." Katja schob sich ironisch lächelnd eine verirrte Haarsträhne hinter die Ohren und wartete gespannt auf neue Informationen.

Tessie sprang auf, um zum Festnetz-Telefon zu gehen, an dem sie immer noch festhielt, musste aber zuvor etwas klarstellen.

„Sherlock Holmes auf keinen Fall! Wann hätte sich diese Familie jemals auf die Ideen eines Mannes verlassen? Schließlich gibt es jede Menge weibliche Detektive, die besser sind!"

Katja lachte amüsiert. „Ihr mit eurem Amazonen-Mythos!"

Dann aber lauschte sie genauso aufmerksam, wie Tessie der Nachricht der Polizei, sie möge am nächsten Morgen zum Revier kommen, die Ergebnisse der Laboruntersuchungen seien eingetroffen.

„Es gibt Laborergebnisse, das muss etwas bedeuten. Endlich scheint sich das Blatt zu wenden."

Tessie hob kämpferisch die Faust. „Aber mehr hat die Polizei offensichtlich nicht, also machen wir es jetzt wirklich wie Miss Marple. Schließlich können wir Amazonen sowieso eine ganze

Menge, warum nicht auch ermitteln. Wenn du mir hilfst, finden wir selbst heraus, wie das Ganze passieren konnte und vor allem, wer das war! Wenn ich mich richtig an die Geschichten erinnere, brauchen wir Antworten auf die folgenden Fragen: Wer hatte die Mittel, wer hatte die Gelegenheit und wer hatte ein Motiv?"

„Das ist genau die richtige Einstellung", versicherte Katja, „ich bin dabei. Immerhin hat dein Lieblingssatz *Es hätte schlimmer kommen können,* meistens gestimmt. Aber vorher sorge ich noch dafür, dass du deine Alpträume vergessen kannst. Setz dich einfach ganz bequem in deinen Sessel und lass mich machen. Ich habe schon öfter traumatische Erfahrungen mit der Mentalfeldtechnik behandelt. Das klappt immer."

Tessie hätte alles mitgemacht, um die Alpträume loszuwerden, aber sie hatte kaum die Augen geschlossen, um sich auf die fürchterliche Nacht zu konzentrieren, als sie einen inneren Widerstand spürte. Ungeduldig riss sie die Augen wieder auf und schüttelte irritiert den Kopf. „Ich will da nicht sein. Nicht dass ich Angst hätte..."

„Kein Problem", entgegnete ihre Freundin und musterte sie eine Spur besorgter, als vorher. „Könntest du es dir mit Abstand ansehen, so als ob ein Film im Fernsehen läuft?"

Tessie schloss wieder die Augen und nickte nach einem Moment der Konzentration, während Katja verschiedene Punkte in ihrem Gesicht und an ihren Händen akupressierte, sie die Augen öffnen, kreisen, schließen und dann tief atmen ließ.

Zum Schluss musste sie zu ihrem Erstaunen sogar eine Aufgabe rechnen und eine Melodie summen. Bei jedem anderen hätte sie spätestens jetzt protestiert, aber zu Katja hatte sie unbedingtes Vertrauen.

Nachdem das Ganze dreimal wiederholt worden war, richtete sich Tessie erleichtert auf. „Es ist noch da, aber weit weg. Ich spüre kein Unbehagen mehr und auch keine Schuldgefühle, jetzt habe ich nur noch Wut auf dieses Schwein!"

Katja lächelte zufrieden. „Die Wut sollst du auch behalten, bis du jeden gefunden hast, der bei dieser Sache mitgeholfen hat."

„Du hast recht", pflichtete ihr Tessie bei, als sie anschließend das Bett im Gästezimmer frisch bezogen. „Das war nicht nur einer. Ich habe schon einige Vermutungen, was die Gelegenheit betrifft, aber die haben Zeit bis morgen."

 Nach einer überraschend ruhigen Nacht ohne Alpträume und einem gemütlichen Frühstück, meldete sich Tessie im Polizeirevier, während Katja in dem kleinen Park gegenüber wartete. Sie hatte gerade die Weidenkätzchen und die ersten Forsythien bewundert, als Tessie schon wieder aus dem Gebäude stürmte.

„Stell dir vor", erklärte sie fassungslos, „sie haben K.o.-Tropfen in meinem Blut gefunden! Deswegen konnte man mich einfach aus dem Bett zerren und ich hatte keine Chance mich zu wehren. Nur gut, dass die in der Klinik an so etwas gedacht und auch gleich Blut abgenommen hatten."

„Das stimmt." Katja war nicht überrascht, weil sie so etwas schon vermutet hatte. „Rohypnol ist im Blut nur bis zu 12 Stunden nachweisbar. Für Vergewaltigungsopfer ist das oft ein Problem, wenn man sie zu spät findet. Aber für dich könnte sich die Substanz als nützlich erweisen."

„Wieso?"

„Soweit ich weiß, verliert man unter Rohypnol vor allem die Kontrolle über die Muskulatur, was dazu führt, dass man sich nicht wehren kann, aber die Augen bleiben offen. Deshalb könnten wir unter Hypnose herausfinden, was du vorher schon gesehen hast, bevor du wieder zu dir gekommen bist. Natürlich nur, wenn du willst."

Den letzten Satz fügte sie an, als sie das entsetzte Gesicht ihrer Freundin sah. Tessie schüttelte sich innerlich. Hypnose?

Hieß das nicht schon wieder die Kontrolle an einen anderen zu verlieren? Nicht mit ihr!

„Nur wenn es wirklich nicht anders geht. Jetzt besuchen wir erst mal meinen Verdächtigen Nr. 1, den Hausmeister. Er muss auf irgendeine Art und Weise mit drin hängen. Wenn die K.o.-Tropfen in meiner Wasserflasche waren, dann weiß er davon oder hat sie selbst dort eingefüllt. Schließlich hat er das Gerücht aufgebracht, ich sei betrunken gewesen."

„Auf in den Kampf!" Katja hakte sich grinsend bei Tessie ein.

„Bist du der gute oder der böse Bulle?"

Tessie zog eine wütende Grimasse. „Da fragst du noch?"
Offensichtlich sagte ihr Gesichtsausdruck alles, denn der Hausmeister, ein schmächtiger Mann um die 50, zuckte erschrocken
zurück, als er die Tür öffnete. An Katja gewandt stellte sie vor:
„Das ist der Hausmeister, Herr Kühnert, der offensichtlich der
Meinung ist, dass ich ihm für seine schlampige Arbeit zu wenig
zahle." Dann griff sie ihn direkt an. „Wie viel hat man Ihnen versprochen, damit sie den Alkohol in meine Wasserflasche schütten?
Und lügen Sie mich nicht schon wieder an!"
Obwohl der Mann zunächst ängstlich zurückgezuckt war, verfiel er
durch die barsche Ansprache fast ins Gegenteil.
„So können Sie doch nicht mit mir reden", plusterte er sich auf.
„Wahrscheinlich haben Sie so auch die Familie des armen Mannes
kaputtgemacht. Der Alkohol sollte Sie doch nur etwas blamieren,
als Rache. Ich habe ja nur ein paar Tropfen in Ihre Flasche getan,
eigentlich sollten es vielmehr sein."
„Das genügt!" Tessie stoppte den Redefluss. „Von welchem Mann
und welcher Familie ist hier die Rede?"
Jetzt druckste der Hausmeister etwas verlegen. „Ich kenne ihn
nicht, aber seine Kinder müssen hier sein. Ich habe ja noch schnell
das Haus aufgeschlossen, damit er ein Geschenk für sie hinlegen
konnte."
Tessie, der mittlerweile einiges klar wurde, informierte sofort die
Polizisten. Nach wenigen Minuten erschienen beide, um den

Hausmeister zur Feststellung des Sachverhaltes mitzunehmen, wie der jüngere Beamte betonte. Er schien nicht besonders dankbar für ihre Mitwirkung zu sein, sondern belehrte sie ziemlich oberlehrerhaft, was alles hätte passieren können und sie möge sich doch aus dem Fall heraushalten.

Tessie hätte am liebsten passend geantwortet, hielt sich aber zurück, als sie sah, dass ihr der Ältere anerkennend zuzwinkerte und bei den Belehrungen seines Kollegen die Augen verdrehte.

Zufrieden gingen beide Frauen zu Tessies Wohnung zurück.

Katja schwieg eine Weile, musste dann aber doch ihre Frage loswerden. „Ich will dir ja nicht zu nahe treten, schließlich hattest du Erfolg mit deiner Taktik. Aber feinsinniges Herangehen, wie Miss Marple, war das eben nicht."

Tessie grinste, von sich völlig überzeugt. „Das habe ich von meiner neuen Lieblingsdetektivin Jackie Dupont. Die sagt sinngemäß: *Das schlechte Benehmen ist Teil der Methode. Wenn Menschen deswegen empört sind, werden sie unaufmerksam und offenbaren Dinge, die sie eigentlich lieber für sich behalten hätten.*"

„Da hat sie recht und weißt du auch, um welche Familie es geht?"

Tessie schüttelte den Kopf.

„Ich habe nicht die geringste Ahnung, um wenn es geht. Seit 30 Jahren leite ich diesen Kindergarten, da gab es einige zerrüttete Ehen, an denen ich aber ganz bestimmt nicht schuld war."

„Möglicherweise geht es ja auch um eine Frau, die du bestärkt hast, sich endlich zu trennen."

„Oder etwas anderes", unterbrach sie Tessie. „Wer weiß, was sich so ein krankes Hirn als Rechtfertigung ausdenkt. Bisher haben wir wie bei Miss Marple, die Mittel und die Gelegenheit geklärt, aber nicht, wer meint, ein Motiv zu haben.

„Du hast recht", räumte Katja ein. „Also Hypnose?"

„Ja, ich will mehr wissen." Schweren Herzend stimmte Tessie der Hypnose zu.

Am Abend half ihr Katja, in eine angenehme Entspannung zu finden, um zunächst zu erfahren, was ganz am Anfang passiert und wie es dem Mann gelungen war, sie zum Ort des Geschehens zu bringen.

In der Trance sah sie zuerst nur die tätowierte Hand eines Mannes, der sie aus dem Bett zog, er hielt sich immer noch im Hintergrund. Offensichtlich hatte die Droge dazu geführt, dass sie nicht den geringsten Widerstand leistete, während der Mann mit ihr wie mit einem Kind redete und sie über der Schulter trug.

„Ich werde dir jetzt nehmen, was dir wichtig ist. Du hast mir auch meine Familie genommen. Wir werden ein großes Feuer machen und alles verbrennen, was dir etwas bedeutet. Wenn das erledigt ist, wird Dilara brennen. Das flammende Herz wird sein Osterfeuer schon am Freitag erleben. Und niemand wird das verhindern!"

An dieser Stelle wurde Tessie unruhig und gab das vereinbarte Zeichen für den Abbruch.

„Ich weiß jetzt, um wen es geht", erklärte sie aufgeregt.

„Diese heisere Stimme hätte ich sowieso nicht vergessen.

Vor ungefähr 4 Jahren gab es Probleme mit den Kindern von einer Familie Stürmer, häufige Verletzungen, unruhiger Schlaf, ängstliches Zurückzucken, alles Anzeichen, dafür, dass sie geschlagen werden. Der Typ hat auch die Frau geschlagen und sogar Zigaretten auf ihrer Haut ausgedrückt. Ich habe ihr geholfen, mit den Kindern ins Frauenhaus zu flüchten, seitdem haben wir keinen Kontakt mehr. Aber wir müssen sie warnen, er wird dort auch Feuer legen. Irgendwo habe ich vielleicht noch eine Anschrift."

Aber sie fand nichts.

Noch am nächsten Tag durchforstete Tessie nicht nur ihr Gedächtnis, sondern auch ihre privaten Aufzeichnungen.

Seit Polly und Rina wieder ausgezogen waren, hatte sie ihre Wohnung gründlich verändert und sich ein Gästezimmer und auch ein kleines Büro eingerichtet. Dort gab es eine Menge Unterlagen, aber nicht das, was sie suchte.

Weil sie aus Ärger und Ungeduld einer Schublade einen kräftigen Tritt verpasste, hätte sie beinahe das Klingeln überhört und rannte daher zur Haustür.

Die Besucherin hatte sich schon abgewendet, aber Tessie rief sie zurück. „Heidi, komm doch rein, ich war abgelenkt."

Sie freute sich sehr, sie zu sehen, denn Heidi war im Kindergarten von Anfang an dabei gewesen. Die rundliche Frau mit den schneeweißen Haaren, hätte vom Alter her, eher Tessies Mutter sein können, war aber immer eine gute Freundin gewesen.

Sie freute sich sichtlich, dass es Tessie besser zu gehen schien.

„Ich wäre schon früher gekommen, aber ich nahm an, du liegst noch in der Klinik. Ich muss dir unbedingt etwas erzählen."

Nachdem beide mit einer Tasse Tee in der gemütlichen Sitzecke saßen, begann Heidi mit der vorsichtigen Frage. „Du hast schon gehört, was die Knüppelkuh über dich verbreitet?"

„Ja, leider, aus erster Hand", seufzte Tessie. „Sie scheint damit Erfolg zu haben, aber ich trage wirklich keine Schuld an dem Brand. Der Hausmeister hat mit dem Brandstifter gemeinsame Sache gemacht und K.o.-Tropfen in meine Wasserflasche getan. Er sei überzeugt gewesen, dass es nur etwas Alkoholisches sei, das hat er heute früh zugegeben. Und der Trottel hat dem Brandstifter auch noch die Eingangstür aufgeschlossen, damit der ein Geschenk für seine Kinder hinlegen konnte, in Wirklichkeit war das die Zündvorrichtung. Natürlich ist er jetzt auch festgenommen."

„Das wollte ich dir gerade erzählen. Mir hat er gesagt, die Knüppelkuh hätte diesen Mann zu ihm geschickt. Ich bin überzeugt, sie wusste über alles Bescheid und nutzt die Gelegenheit, dir den Kindergarten wegzunehmen."

„Glaubst du wirklich?" Tessie war erneut erschüttert über soviel Bösartigkeit bei einer Kollegin, der sie das, trotz einiger

Vorahnungen, niemals zugetraut hätte.

Aber Heidi nickte heftig. „Sie hat jetzt schon Möbel zur Seite gebracht und die Eltern und die Kolleginnen aufgehetzt. Wer weiß, was sie noch unternimmt? Aber Nicki und Henny beobachten sie, die beiden sind noch nicht lange bei uns, aber sie haben sie durchschaut."

Tessie lächelte. Es tat ihr gut zu wissen, dass noch jemand auf ihrer Seite stand. „Danke, Heidi, das beruhigt mich wirklich, haltet mich bitte auf dem Laufenden. Aber ich habe noch eine Frage. Erinnerst du dich an die nette Frau Stürmer, die damals mit ihren Kindern ins Frauenhaus geflüchtet ist? Weißt du, was aus ihr geworden ist?"

Heidi dachte kurz nach und schüttelte dann den Kopf.

„Ich erinnere mich gut, ihr Mann war doch dieser brutale Schläger. Aber im Frauenhaus kann sie nicht mehr sein, das ist vor 3 Jahren abgebrannt. Wo das neue ist, weiß ich nicht, aber ich höre mich mal um."

Als Heidi schon im Gehen war, stockte sie noch kurz und drehte sich um. „Wenn du etwas Neues machst, lass es mich wissen, ich wäre wieder dabei. Die Rente kann noch warten."

Noch am Abend, als Katja zurückkam, strahlte Tessie die Ruhe und die Gewissheit aus, dass alles gut werden würde. Das einzige, was sie noch beunruhigte, war die Gefahr für Frau Stürmer.

„Ich muss unbedingt eine Möglichkeit finden, sie zu warnen. Sie hieß Dilara, der Name kommt aus dem arabischen und bedeutet

flammendes Herz. Und zu mir hat er gesagt, sie würde ihr Osterfeuer schon am Freitag erleben und das ist übermorgen. Ich finde
keine Anschrift und Heidi hat mir erzählt, dass das Frauenhaus
abgebrannt sei. Wo das neue ist, weiß wahrscheinlich nur die Polizei. Deshalb muss ich dorthin."

„Warte noch", beschwichtigte sie Katja mit Blick auf die Uhr.
„Jetzt können die dort auch nichts machen und noch ist das alles
eine Vermutung. Du weißt, wie die Polizei bei Hypnose oder Ähn-
lichem reagiert."

„Gut, dann gehe ich morgen früh, wenn du bei deiner Fortbildung
bist und notfalls behaupte ich, ich hätte mich erinnert."

Am Morgen fühlte sie sich sicher genug, Katjas Angebot zur Be-
gleitung abzulehnen. Wie erwartet, war der jüngere der Polizisten
nicht erfreut, über ihre erneute Einmischung und zog bei ihren
Angaben skeptisch die Augenbrauen hoch.

Er notierte sich auch nichts, während der Ältere sofort den Computer nutzte, sobald sie das Flammen-Tattoo und den Namen Stürmer
erwähnte. „Ich habe ihn", verkündete er kurz darauf.

„Hubert Stürmer wurde vor 2 Wochen entlassen, nach 3 Jahren
wegen schwerer Brandstiftung mit Personenschaden. Also nimm
endlich ernst, was Frau Sommer sagt, der Mann ist kreuzgefährlich.
Schick am besten eine Streife in die Bismarckstraße 24, er könnte
bewaffnet sein. Und die sollen auch das Objekt in der Adelheid-

straße kontaktieren, die Frau ist noch dort.“

Etwas erleichtert verließ Tessie das Polizeirevier, aber ihre Gedanken kamen einfach nicht zur Ruhe. Was wenn der Mann schon am Frauenhaus lauerte?

Die Polizei würde zu spät kommen. Zufällig kannte sie die Adelheidstraße ziemlich gut und glaubte auch zu wissen, welches Gebäude das neue Frauenhaus war. Sie entschied sich, direkt dorthin zu fahren und war froh, gerade noch die richtige Straßenbahn zu erwischen.

Im Frauenhaus stürzte sie zum Büro der Leiterin und fand genau die Frau, die sie suchte. Frau Stürmer, leitete inzwischen das Haus und beriet sich gerade mit einigen Mitarbeiterinnen.

Tessie war es zwar peinlich, einfach zu stören, aber hier ging es um Wichtigeres, als Etikette. „Sie müssen unbedingt Ihr Haus evakuieren, Ihr Ex-Mann ist dabei, Feuer zu legen!“

Frau Stürmer versuchte nicht, sie zu beruhigen, sondern ließ sie einfach reden. Erst als Tessie alles heraus gesprudelt hatte und Luft holte, fragte sie nach. „Wie hat er den Brand bei Ihnen gelegt?“

Nachdem Tessie ihr die Zeitschaltuhr beschrieben hatte, die mit einem Handy ausgelöst wurde, nickte sie.

„Ich kenne das. Damit ist unser altes Objekt abgebrannt. Freitag ist zwar erst morgen, aber die Vorrichtung ist garantiert schon hier. Wir müssen alle danach suchen, am besten fangen wir im Keller an.“

„Oder im Eingangsbereich, da wo Kinderspielzeug lagert."

„Du hast recht", antwortete Frau Stürmer einer älteren Frau. „Der Mann ist perfide genug, der kann auch einem Kind etwas zugesteckt haben. Wir müssen in jede Richtung denken. Du sorgst dafür, dass alle Kinder in Sicherheit sind", wies sie eine junge Frau an.

„Ihr zwei durchsucht den Eingangsbereich und die anderen sehen im Keller nach."

„Ich komme auch mit!" Tessie drängte schon in Richtung Kellertreppe, nicht sicher, ob sie noch zurückgehalten würde.

„Dieser Typ hat mir eine Menge genommen. Ich will nicht, dass noch mehr passiert."

Frau Stürmer nickte verstehend, dann rannten beide die Treppe hinunter in die Richtung, aus der plötzlich ohrenbetäubendes Geschrei zu hören war.

Als sie den Raum betraten, erkannte Tessie lediglich, dass es ein Mann war, der laut heulend am Boden lag, während ihn, die umstehenden Frauen wütend beschimpften oder heftig nach ihm traten. Erst als Frau Stürmer die Hand hob, wurde es ruhiger.

„Da ist der liebe Hubert, der so gerne Frauen schlägt und ihnen Schmerzen zufügt, aber an die falsche Frau geraten!"

Zu Tessie gewandt, wies sie auf eine athletisch gebaute Frau, die Stürmer mit ihrem Fuß am Boden hielt und erklärte. „Das ist Lena, unsere Karate-Meisterin. Sonst bringt sie den Frauen Selbstverteidigung bei und jetzt hat sie allen praktisch gezeigt, wie gut das wirkt. Habt ihr die Zündvorrichtung entdeckt?"

Eine Frau nickte und zeigte etwas, das wie ein Schalter aussah.

„Gut, dann kann ich die Polizei anrufen, Lena, du bleibst solange bei ihm."

Mit Genugtuung sah Tessie noch, dass sogar zwei Schaltsysteme gefunden wurden, die zeitversetzt gezündet hätten.

Ihr lief ein Schauer über den Rücken. Was wäre das für eine Katastrophe geworden!

Dann verabschiedete sie sich schnell von Frau Stürmer. „Es ist besser, wenn ich gleich gehe, die Polizei wird es nicht gerne sehen, dass ich mich schon wieder eingemischt habe."

Wieder zuhause war sie nicht so erschöpft, wie sie nach dem aufregenden Vormittag eigentlich erwartet hätte. Das Ganze hatte sie zwar aufgewühlt, aber auch so motiviert, dass sie über neue Pläne nachzudenken begann, während sie ihr Essen zubereitete.

Als erstes beauftragte sie eine Firma, das Gelände, die Brandruine und ihr Mobiliar zu sichern und damit dem Treiben ihrer früheren Stellvertreterin ein Ende zu setzen.

Am Nachmittag rief der ältere Polizist an, um ihr mitzuteilen, dass Stürmer wieder sicher und für längere Zeit verwahrt sei und die Brandstiftung auch hasserfüllt bestätigt habe.

„Und wenn ich Ihnen einen guten Rat geben darf, Sie sollten sich Ihre Mitarbeiterinnen etwas genauer ansehen, da sind einige dabei, die Ihnen nicht gut gesonnen sind."

Das machte Tessie nachdenklich, bisher wusste sie nur von den hasserfüllten Tiraden der Knüppelkuh, aber es schienen doch wesentlich mehr zu sein. Bisher hatte sie nur daran gedacht, den Kindergarten wieder zu eröffnen. Aber wollte sie das wirklich noch mit den Leuten, die ihr bei der ersten Gelegenheit in den Rücken fielen?

Vielleicht war es jetzt an der Zeit, etwas völlig Neues zu machen!

Nach einem längeren Gespräch mit der Leiterin des Kindergartens, mit der sie eigentlich nur eine Kooperation vereinbaren wollte, war geklärt, dass jetzt alle Mitarbeiterinnen ihres ehemaligen Kindergartens für ein neues Haus übernommen würden, wenn sie das wünschten. Und auch die Eltern würden erleichtert sein, dass ihre Kinder ebenfalls in diese neue Einrichtung gehen konnten.

Damit war sie nicht nur die Knüppelkuh los, sondern hatte auch den Kopf frei für Neues, was das genau sein würde, wusste sie noch nicht.

Als Katja kam, um ihren Koffer zu holen und sich zu verabschieden, brachte sie einen dicken Brief mit ins Haus.

„Der scheint wichtig zu sein, ich musste extra dafür unterschreiben. Aber du siehst völlig anders aus, also war es ein Erfolg. Das schreit nach Sekt. Und dann erzähl mir alles, mein Taxi kommt erst in einer Stunde."

Nachdem sie gemeinsam auf den glücklichen Ausgang angestoßen hatten und die Hilfs-Detektivin Katja gründlich in alles eingeweiht war, lehnte die sich zurück und lächelte. „Es war nicht genau wie bei Miss Marple, aber es war auf jeden Fall spannend. Jetzt kann ich euren Amazonen-Mythos etwas besser verstehen. Frauen nutzen alle Sinne und haben damit wirklich viel mehr Durchblick, als ihnen Männer zutrauen. Meiner ist davon natürlich ausgenommen."

Noch während sie lachten, erinnerte sich Tessie an den Brief. Sie öffnete ihn, las kurz und verzog das Gesicht. „Mein Vater ist gestorben."

„Oh, das tut mir leid…

Ehe Katja weiter reden konnte, wurde sie von Tessie unterbrochen. „Das muss es nicht. Ich kannte ihn nicht. Er war der große Unbekannte in meiner Kinderzeit, keine Geburtstagskarten, keine Geschenke, einfach nichts. Anfangs war ich untröstlich, aber zum Schluss habe ich meinen Erzeuger nicht einmal mehr vermisst. Vermutlich erbe ich jetzt etwas."

„Also keine schlimmen Nachrichten?"

Nach Katjas Frage begann Tessie zu grinsen, denn jetzt konnte sie endlich wieder ihren Lieblingssatz loswerden. „Es hätte schlimmer kommen können."

Der unwiderstehliche Cheesecake

Am Ende wird alles gut. Wenn es nicht gut ist, dann ist es noch nicht das Ende. - Oscar Wilde

„Das kriege ich locker hin", murmelte Polly Sommer, als sie die Aufgabe für die technische Prüfung dieses Backwettbewerbs hörte. Schließlich hatte sie den Battenberg-Kuchen schon als Kind gemeinsam mit ihrer Oma Lea gebacken.

Damals, als sie sieben oder acht war, reizte sie vor allem das bunte Schachbrettmuster des Kuchens, für das sie die wildesten Farben auswählen durfte.

Schon damals hatte sie gewusst, dass Backen ihre große Leidenschaft war. Die spätere Lehre und zahlreiche Extra-Seminare hatte sie alle mit Bravour gemeistert. Auch wenn Oma Lea in einem anderen Stadtteil wohnte, weil es ständig Zoff mit ihrer Tochter gab, war sie für ihre Enkelin immer da gewesen. Jedes Mal wurde erst gemeinsam gebacken und dann Geschichten über Miss Marple gelesen. Seitdem liebte Polly Krimis jeder Art, vor allem, wenn coole Frauen ermittelten.

Das gute Verhältnis zu Oma Lea änderte sich leider, als Polly neben dem Backen, auch noch andere Leidenschaften für sich entdeckte, vor allem die, für junge, aufstrebende und verantwortungsscheue Rockmusiker. Auch Pollys Vater hatte in diese Kategorie gehört und Oma Lea hatte wie Kassandra in der griechischen Sage gewarnt, war aber auch nicht gehört worden. Bei Polly warnten Mutter und Oma, und nicht nur mit Engelszungen, sondern ziemlich drastisch, aber auch sie missachtete alle Warnungen.

Zu sehr lockte die aufregende Lebensweise des Bad Boys Dirk, der große Ähnlichkeit mit Campino von den *Toten Hosen* hatte, weshalb seine Gruppe sogar einmal im Vorkonzert auftreten durfte.

Mit 18 waren die berauschende Atmosphäre der Rock-Konzerte, die sie ständig besuchten, die durchtanzten Nächte, die Groupies, die sie um ihre schicken Sachen und den Mann beneideten und vieles mehr, einfach ihr Lebenselixier.

Als Polly jedoch schwanger wurde, sah dieses Leben weniger aufregend aus. Dirk hatte für so etwas weder Verständnis noch Interesse. Eine Schwangerschaft war für ihn etwas, das man über das Wochenende in Amsterdam regelte. Polly sah das völlig anders und kehrte deshalb reumütig zu ihrer Mutter zurück. Aber auch das ging nicht lange gut, daher suchte sie sich, nachdem ihre Tochter ein Jahr alt war, wieder eine eigene kleine Wohnung.

Beruflich klappte es hervorragend, sie arbeitete in der Feinbäckerei eines Hotels und verdiente ausreichend. Rina entwickelte sich in der Kita prächtig und fühlte sich auch sehr wohl. Schon für Rina versuchte Polly feste Beziehungen zu vermeiden, ihr Kind war das Wichtigste.

Aber da waren die langen, leeren Abende und an einem davon, war sie bei ihrem Ex erneut schwach geworden.

Ehe sie sich versah, war Dirk wieder bei ihr eingezogen. Er konzentrierte sich inzwischen mehr darauf, andere Bands zu managen und zu vermarkten und schien mittlerweile über das große Geld zu verfügen. Natürlich brauchten sie eine größere Wohnung in City-Lage, mit neuen supermodernen Möbeln.

Eigentlich war Polly in ihrer kleinen Wohnung viel zufriedener gewesen. Das gemütliches Nest unter dem Dach hatte sie selbst eingerichtet, alles in hellgrün und gelb gestrichen und eine Profi-Küchenecke geschaffen, in der sie ständig mit neuen Rezepten experimentieren konnte, ohne wie jetzt Angst zu haben, die Marmorarbeitsplatte könnte zerkratzt werden.

Polly seufzte, während ihre Hände ganz automatisch die Mischung aus Butter und Birkenzucker rührten, die Eier, das Mehl und die gemahlenen Mandeln hinzufügten und so den Teig für den Battenberg-Kuchen vorbereiteten. Als sie die Mischung in zwei Teile trennte, gingen auch ihre Gedanken in eine ähnliche Richtung, nicht zum ersten Mal.

Mit 28 war inzwischen die Faszination des aufregenden Lebens an der Seite von Dirk verflogen, ebenso der Trotz gegen die Einmischung von Mutter und Großmutter.

Geblieben war ein ernüchterter Blick auf den Mann, mit dem sie eine Wohnung teilte. Er war zuhause ein Pascha, der sich gerne bedienen ließ und wenn sie ausgingen, vor allem mit seinen Geschäften oder ihrem Aussehen angab und sie mehr und mehr als sein Eigentum betrachtete. Seine Tochter dagegen behandelte er wie einen ungewollten Untermieter.

Polly nahm ihm vor allem das sehr übel, auch weil Rina alles so tapfer ertrug. Schon für ihre Tochter hätte sich längst trennen müssen, aber wohin sollte sie gehen? Von ihrem Gehalt zahlte sie die horrende Miete und auch alles andere für den Haushalt, weil Dirk, wie er betonte, nur über sporadische Einnahmen verfügte und die läppischen Ausgaben später begleichen würde.

Es blieb also kaum etwas übrig.

Aber immerhin hatte sie seit Weihnachten im Hotel jede Menge Überstunden gemacht und jetzt im März doch schon ein kleines Startkapital zusammen. Dieses Geld verwahrte ihre Freundin Nadine für sie und davon wusste auch niemand. Nadine war selbst nach einem ziemlichen Scheidungshorror allein, aber unterhaltspflichtig und hatte ihr dringend geraten, sich eine Reserve anzulegen.

Und das war wirklich eine gute Idee, dachte Polly und pustete eine Strähne ihrer roten Locken, die aus dem Haarnetz geschlüpft war, aus der Stirn, während sie die Herdklappe öffnete. Nachdem sie die eine Hälfte des Teiges kräftig rosa gefärbt hatte, schob sie jetzt beide Bleche in den Backofen.

Wenn sie zuhause auch so ein fantastisches Teil zum Backen hätte, könnte sie sich selbständig machen, aber dafür brauchte sie noch mehr Geld. Falls sie aber diesen Wettbewerb gewinnen würde, bekäme sie das traumhaft hohe Preisgeld von 10.000 Euro und was für Polly noch viel wichtiger war, ein eigenes Back-Buch.

Einer der Mitveranstalter des Wettbewerbs war ein Verlag, der bisher einmalig schöne Bücher über Kochen und Backen heraus gebracht hatte.

Einmal den eigenen Namen auf dem Titel lesen und alle Idee kreieren zu können, die schon lange in der Schublade oder ihrem Hinterkopf schlummerten, das wäre das Größte!

Polly lächelte, während sie an dem Backdampf schnupperte. Der Teig roch wirklich gut, Zeit die Füllung und den Fondant vorzubereiten. Sie warf einen nervösen Blick zur Uhr und beruhigte sich gleich wieder.

Sie lag immer noch sehr gut in der Zeit und wunderte sich ein wenig über die Hektik ihres Nachbarn, dem gerade zwei Eier aus der Hand gerutscht waren. Armer Kerl, er war einfach zu nervös. Polly hätte ihm gerne geholfen, aber das ließen die Regeln nicht zu.

An den anderen Plätzen wurde auch eifrig gearbeitet, das Teilnehmerfeld war noch ziemlich ausgeglichen. Bisher hatten drei unterschiedliche Bewerber die Tagessiege errungen und bildeten das Spitzenfeld. Polly hatte gleich die erste Challenge mit einer Ostertorte für sich entschieden.

Außer ihr gewannen noch eine junge Frau, die die elterliche Konditorei leitete und ein Mann, den kaum jemand kannte.

Polly konnte sich dieses Muskelpaket auch kaum in einer

Feinbäckerei vorstellen, aber immerhin schien sein Geschmack ihrem verblüffend zu gleichen, denn bisher hatte er immer ähnliche Kreationen wie sie gebacken.

Allerding benahm er sich ziemlich arrogant gegenüber den anderen Teilnehmern. Solche Überflieger, die bereits am ersten Tag ihren Sieg verkündeten, gingen ihr schon immer gegen den Strich. Sonderbar, dass ihr die gleiche Neigung bei Dirk, erst jetzt so richtig bewusst geworden war. Ständig hatte er das absolut beste Geschäft in Aussicht, den Top-Erfolg, der die Branche revolutionieren würde.

Aber noch zahlte sie die Rechnungen, während er tagsüber zuhause herumhing und immer reizbarer und unberechenbarer wurde.

Abends verschwand er dann regelmäßig und kam sehr spät oder erst morgens zurück. Er war auch früher schon ganze Nächte unterwegs gewesen, aber jetzt nahm das überhand.

Und wenn er wirklich mal abends zuhause blieb, dann mit einer fürchterlichen Laune. Sie seufzte wieder, während sie die Kuchenquadrate versetzt übereinander platzierte, die Fondant-Decke darüber zog und sorgfältig in Falten legte. Jetzt noch die Karo-Naht ziehen und dekorieren. Dann war sie fertig.

Wenn sie doch auch ihr Leben endlich so überschaubar ordnen könnte. Wenn der Wettbewerb vorbei ist, versprach sie sich, dann mache ich Nägel mit Köpfen.

Aber zunächst verzierte sie noch die Karo-Naht mit weißen

Zuckerersatzperlen und brachte ihren Kuchen zum Tisch der Jury.

Als sie sich auf den Heimweg machte, waren alle belastenden Gedanken verschwunden oder unter *Später* abgelegt, denn jetzt überwog eindeutig die Freude.

Sie hatte heute zum zweiten Mal gewonnen und viel warmherziges Lob von der Jury erhalten.

Polly hätte singen mögen, obwohl gerade ein kräftiger Frühlingsregen herunter rauschte, so beschwingt fühlte sie sich. Die erste aus einem starken Spitzenfeld, die erneut gewann, das waren gute Aussichten.

Morgen würde sie die nächste Eigenkreation backen, ihre Version der Sahne-Torte *Mademoiselle*. Eigentlich ging es bei dieser Aufgabe mehr um eine Adaption klassischer Rezepte, die mit frischen Ideen und weniger Kalorien in die Gegenwart geholt werden sollten.

Polly hatte sich deshalb überlegt, daraus eine Joghurt-Torte zu machen und neben den roten Johannisbeeren und dem weißen Joghurt, nicht die Kiwis aus dem Rezept zu verwenden, sondern Blaubeeren, um eine kleine Hommage an das blau-weiß-rot der französischen Flagge zu schaffen.

Und da sie dieses Rezept schon öfter gebacken hatte, war sie sich sicher, dass die Torte nicht nur gut aussehen, sondern auch fantastisch schmecken würde.

Sie lief etwas schneller, Rina würde sie bestimmt schon erwarten.

Sie musste ein gutes Gespür haben, denn sehr oft wusste sie Dinge, die keiner erwähnt oder angesprochen hatte. Sonderbar!

Polly schüttelte den Kopf. Oma Lea würde sagen, das käme von ihrem Amazonen-Erbe.

Der Legende nach, das hatte sie Polly schon vor vielen Jahren erzählt, gab es vor 3.000 Jahren einige Länder, in denen ausschließlich Frauen herrschten, Frauen, die in der Lage waren zu kämpfen und auch in den Krieg zogen, wenn es unumgänglich war.

Sonst aber herrschten sie klug und weise zum Nutzen aller.

Von diesen mutigen Frauen hatten schon die Mutter und Großmutter von Oma Lea ihre Herkunft abgeleitet.

Deshalb bekam sie den Namen einer dieser Herrscherinnen, Hippolyta, der zum Glück auf Polly abgekürzt wurde.

Auch bei ihrer Tochter setzten sich Oma Lea und ihre Mutter durch und wählten den Namen Myrina aus, ebenfalls eine Amazonen-Herrscherin. Rina war die einzige, die das Ganze toll fand und auch alles, was sie über Amazonen fand, mit Begeisterung las.

Und wie vermutet, stand sie schon an der Wohnungstür und strahlte über das ganze Gesicht. „Du hast gewonnen, ich wusste es. Das ist so toll! Ich habe den Tisch bereits gedeckt, weil du dich jetzt bestimmt ausruhen musst."

Polly ging das Herz auf. Wie hatte sie es nur geschafft, so ein fantastisches Kind zu bekommen?

Noch beim Essen wollte Rina jede Einzelheit wissen und fragte immer wieder interessiert nach. Als Polly von ihren Konkurrenten erzählte und den Überflieger erwähnte, zogen sich Rina Augenbrauen zusammen. Polly kannte dieses Zeichen. Ihre Tochter machte sich wieder viel zu viele Sorgen.

Als sie dann aber erwähnte, dass mit Oma Tessie jetzt auch wieder alles in Ordnung sei, wurde Polly aufmerksam.

Rina wich jedoch aus und meinte nur, dass etwas Schlimmes geschehen war, aber jetzt sei es wieder in Ordnung.

Jedes Mal in letzter Zeit, wenn ihre Tochter solche Andeutungen machte, packte Polly das schlechte Gewissen.

Vermutlich war sie nie wirklich einer Meinung mit Tessie gewesen, aber es war doch immer noch ihre Mutter!

Sie seufzte, noch etwas, das ich bald klären muss.

Und ich brauche auch mehr Zeit für Rina! Im nächsten Monat wird sie schon 8, wo ist die Zeit geblieben?

Als sie mit Rina schwanger war und sich gerade von Dirk getrennt hatte, für den ihre Schwangerschaft etwas war, das sein Privatleben störte, war sie zu ihrer Mutter zurückgekehrt. Wo hätte sie sonst hingehen können?

Ihre Mutter nahm sie ohne Vorwürfe auf, aber Polly, die ein schlechtes Gewissen hatte, betrachtete jeden Hinweis, jeden Ratschlag, wie immer, als eine Einmischung in ihr Leben. Aus der heutigen Sicht gesehen, überlegte Polly und verzog den Mund, war ich schon immer wild darauf, meine Fehler alleine zu machen.

Wie erwartet ging es daher nicht lange gut, deshalb hatte sie
sich eine eigene kleine Wohnung gesucht.

Doch dann war sie bei Dirk rückfällig geworden, was sie schon so
oft bereut hatte, denn nicht nur sie, sondern vor allem Rina litt an
der Lieblosigkeit ihres Vaters, der so gar kein Interesse an ihr hatte.

Bei all dem Trouble den sie mit uns erlebt hat, ist sie immer noch
so ein liebes, pflegeleichtes Kind, aber leider war sie nie so über-
mütig, unbeschwert und kühn, wie ich in dem Alter war.

Sie hat wahrscheinlich nie dieses Urvertrauen gespürt, das ich in
meiner Kindheit hatte. Auch wenn ich mich immer mit meiner
Mutter gestritten habe, dafür muss ich ihr wirklich dankbar sein.

Polly verzog ironisch lächelnd den Mund. Diesen Einsichten sollten endlich auch Taten folgen.

Bevor sie schlafen ging, wollte sie noch einmal in ihrem handge-
schriebenen Rezeptbuch nachlesen, das sie wie einen Schatz hütete
und in dem auch die Liste der Kreationen lag, die sie beim Wettbewerb einreichen würde.

Komisch! Sie legte das Buch immer in die unterste Schublade, aber
heute lag es oben. War sie schon so im Stress, dass sie Sachen ver-
legte?

Kopfschüttelnd ging sie ins Bad. So etwas konnte sie jetzt gar nicht
gebrauchen und für morgen blieb es bei ihrem Lieblingssatz: *Das
kriege ich locker hin!*

Am nächsten Tag war sie 30 Minuten früher in dem großen Hotel, in dem der Back-Wettbewerb ausgetragen wurde, um sich die notwendigen Zutaten rechtzeitig zu sichern. Jetzt war sie nicht mehr aufgeregt, sondern nur noch gespannt darauf, was die Konkurrenz anbieten würde.

Zunächst musste sie ihre volle Aufmerksamkeit auf den Mürbteig richten, den sie schnell in hell und mit Kakao gebacken hatte.

Dann begann die schwierige Phase, die Kuppel aus Gelatine passgerecht zu fertigen. Sie konzentrierte sich so darauf, dass sie erst viel später, als sie die Kuchenschichten übereinander setzte, mitbekam, dass der Kuchen von Kerem, dem Überflieger, fast genauso aussah, wie ihre Torte.

Im ersten Moment war sie beunruhigt, aber dann fiel ihr ein, dass sie die letzten Blaubeeren aus dem Kühlschrank genommen hatte. Seine Torte konnte daher höchstens ähnlich sein.

Die Jury sah das auch so und belohnte die Idee mit der Farbkombination und die Qualität von Pollys Torte wieder mit dem Tagessieg.

Polly war überglücklich, verspürte aber auch ein eigenartig bohrendes Gefühl. Hier stimmte garantiert etwas nicht!

Irgendjemand musste in ihrem Rezeptbuch gelesen haben, aber wer?

Noch auf dem Heimweg grübelte sie darüber nach. Miss Marple hätte an dieser Stelle mit einem ermutigenden Lächeln gesagt:

Wenn du das Motiv findest, hast du auch den Täter.

Aber würde ein Teilnehmer des Wettbewerbs zu solchen extremen

Mitteln greifen, um zu gewinnen? Aber dazu hätte er doch einbrechen müssen!

Oder war das gar nicht nötig gewesen, weil der Verräter viel näher war? Sicher, das war ein schlimmer Verdacht, aber konnte sie ihn wirklich ausschließen?

Nachdem sie noch einen Moment darüber nachgedacht hatte, schob sie den unbequemen Gedanken wieder zur Seite.

Heute hatte sie zum 3. Mal gewonnen und so sollte es weitergehen.

Morgen würde sie die Jury mit ihren Lieblings-Cupcakes mit Schoko-Frosting überraschen und förmlich aus den Socken hauen.

Sie grinste unternehmungslustig. Genauso! Das kriege ich locker hin.

Nachdem sie am Abend wieder einmal, nur mit Rina ihren Sieg gefeiert hatte, stand sie am nächsten Tag hochkonzentriert an ihrem Arbeitsplatz. Heute wollte sie es unbedingt noch einmal schaffen, um ihren Vorsprung auszubauen.

Natürlich wusste sie, dass sie jetzt von allen Seiten beobachtet werden würde, das ließ zwar ihr Herz etwas schneller schlagen, aber niemals ihre Hände flattern.

Die Cupcakes hatte sie relativ schnell aus Milch, Eiern, Butter, Frischkäse, Backpulver und Mehl gerührt, mit Vanille und Kakao verfeinert und mit ihrem speziellen Zuckerersatz abgeschmeckt.

Nachdem sie den Teig in die Formen gefüllt und in den Ofen geschoben hatte, widmete sie sich dem Frosting.

Dazu füllte sie eine Buttercreme, in die sie reichlich flüssige Schokolade gemischt hatte, in einen Spritzbeutel und setzte sie dann mit kühnem Schwung auf die abgekühlten Cupcakes.

Der Clou aber, waren die zarten Schneeflocken, die sie aus einer hellen Creme gespritzt und im Tiefkühler hatte erstarren lassen.

Jetzt krönten sie das Frosting wie Eiskristalle.

Während sie arbeitete, hatte sie weder nach rechts oder links geblickt, sondern nur dafür gesorgt, rechtzeitig fertig zu werden und ein tolles Ergebnis zu liefern.

Als sie sich jetzt auf dem Weg zum Jurytisch vorsichtig umsah, hätte sie fast ihre Platte mit den Cupcakes fallen lassen.

Das was Kerem auf seiner Platte brachte, sah ihren Cupcakes täuschend ähnlich. Sie holte tief Luft. Jetzt konnte sie nur hoffen, dass ihre etwas besser schmecken würden, denn sie hatte das Vanillearoma noch etwas mit Tonkabohnen verstärkt.

Die Jury lobte vor allem diese feine Note, die auch etwas nach Rum schmeckte und krönte sie erneut zur Siegerin.

In die Freude über den Sieg mischte sich das bittere Gefühl, von dem Mann hintergangen zu werden, den sie zwar schon etwas realistischer sah, dem sie aber immer noch vertraute.

Den Tipp mit der Tonkabohne hatte sie erst vor kurzem ausprobiert und er stand nicht in ihrem Rezeptbuch.

Wie sollte sie jetzt reagieren, wie bekam sie mehr heraus?

Sie überlegte, Miss Marple hätte das Ganze sicher schon früher durchschaut, aber die Chance hatte sie verpasst.

Was würde Goldy, die kochende Hobbydetektivin, machen, um diese verzwickte Zusammenhänge aufzuklären?

Stimmt, sie kochte, weil sie sich dabei am besten entspannen konnte und ihr die entscheidenden Ideen kamen.

Und ich werde backen, wenn ich zuhause bin, denn das ist meine Methode, den Kopf freizubekommen. Da Rina heute bei ihrer Schulfreundin übernachtete, begann Polly gleich am Nachmittag mit ihrem Vorhaben.

Sie würde die Canterbury-Kekse von Goldy backen. Als sie das Rezept überflog, rümpfte sie die Nase. Da war ziemlich viel Schokolade gefragt, aber keine Spur von Pfefferminze. Polly schüttelte den Kopf. Englische Kekse ohne Peppermint-Geschmack, das ging nun wirklich nicht!

Irgendwo habe ich doch noch solche Minz-Täfelchen mit Schokolade? Bei ihren Backzutaten war nichts zu finden, in ihrem Notvorrat leider auch nicht.

Polly überflog neugierig, was in dem versteckten Fach noch vorhanden war. Manchmal überfiel sie, wie andere Frauen auch, ein regelrechter Heißhunger nach Süßem, aber da sie ihre Größe 38 möglichst lange behalten wollte, musste sie sich ab und zu ein wenig disziplinieren, deshalb das Versteck.

Zum Glück passierte ihr das doch recht selten, da sie den ganzen Tag appetitliche süße Dinge sah und vor allem roch und vermutlich damit vieles ausglich.

Suchend streifte Polly durch den großen Wohnraum zu Dirks Schreibtisch. Vermutlich hat er noch geheime Reserven, überlegte sie und öffnete die untere Schublade des supermodernen Schreibtisches, der eigentlich nie benutzt wurde.

Richtig, da lag noch eine Packung Minz-Täfelchen, die anscheinend schon etwas klebrig war, denn darunter hing ein Papierstreifen, der sich als ein Ticket zu einem großen Casino entpuppte, abgestempelt vor 4 Tagen.

Polly starrte wie gebannt auf die Karte. Ihr wurde eiskalt, während sie fieberhaft überlegte, was das zu bedeuten hatte.

Wenn Dirk so glücklos spielte, wie er in letzter Zeit arbeitete, war alles denkbar! Aber würde er wirklich auch versuchen, auf ihre Kosten zu Geld zu kommen?

Während sie fast automatisch die Kekse vorbereitete und in den Ofen schob, schossen ihre Gedanken nur so durch den Kopf.

Was konnte sie tun?

Wie könnte sie sich und ihre Tochter vor den möglichen Konsequenzen schützen?

Als sie die Kekse aus dem Ofen zog und das minzige Aroma einsog, fühlte sie sich ruhiger und entschlossener.

Was sie jetzt brauchte, war Gewissheit. Ging Dirk seiner Arbeit nach oder verspielte er gerade ihre Existenz?

Als erstes rief sie die Band an, die Dirk zurzeit managte.

Der Bandleader, den sie persönlich kannte, schimpfte schon, bevor sie ihre Frage beendet hatte. „Diese Pfeife habe ich seit Wochen nicht gesehen und dabei soll es auch bleiben. Solche Klappspaten brauchen wir nicht!"

Polly sah aus dem Fenster, es war schon dunkel und der Frühlingsregen trommelte auf die Fensterbank. „Nicht gerade verführerisch", murmelte sie, denn in der Küche war es angenehmer und wärmer, aber das brachte ihr keine Gewissheit.

Deshalb nahm sie entschlossen ihren dunkelgrünen Regenmantel vom Haken im Flur und fuhr zur Adresse des Casinos. Ihren Kleinwagen parkte sie vorsichtshalber zwei Straßen davor und ging den Rest des Weges zu Fuß. Erst kurz vor dem Ziel fiel ihr ein, dass sie eigentlich gar keinen konkreten Plan hatte.

Bei Miss Marple lief das immer viel geregelter ab. Sollte sie einfach in das Casino stürmen und Dirk konfrontieren?

Mit Sicherheit würde er sie als eine Idiotin dritten Grades aussehen lassen, weil sie ja keinerlei Beweise für ihren Verdacht hatte. Sie seufzte. *Erst nachdenken, dann handeln!*

Wie oft hatte sie das von ihrer Mutter gehört oder besser überhört. Ausgerechnet jetzt musste ihr klar werden, wie recht Tessie oft mit ihren Mahnungen hatte.

Sie schüttelte den Kopf, wie um die Einsicht abzuschütteln, darum würde sie sich später kümmern. Vorsichtig schlich sie auf das Gebäude zu, das als frühere Villa eines Fleischfabrikanten ziemlich protzig ausgefallen war. Irgendwo musste es doch Fenster geben, durch die man etwas erkennen konnte.

Aber nachdem sie sich durch einen mächtigen Busch gekämpft hatte, sah sie, dass die Fenster alle verhangen oder zugestellt waren. Und für die, in den oberen Geschossen, hätte sie Spiderman-Qualitäten gebraucht.

Missmutig schlug sie den Kragen hoch, weil der Regen unablässig in ihren Nacken tropfte und wollte gerade wieder gehen, als sie zwei Männer im Eingangsbereich des Casinos sah.

Offensichtlich zog es sie auch nicht in den Regen hinaus, sie warteten vermutlich auf ein Fahrzeug. Einer sah ständig auf die Uhr an seinem Handgelenk. Als er vortrat, erkannte sie erstaunt Kerem, ihren Konkurrenten vom Back-Wettbewerb.

Neugierig schlich sie näher, zuckte aber sofort zurück, denn der zweite Mann war Dirk!

Beide schüttelten sich die Hände und tauschten etwas aus, was Polly nicht erkennen konnte, von dem sie aber sofort das Schlimmste vermutete. Also kannten sich die beiden wirklich und das bedeutete auch, dass Dirk sie verraten hatte. Dem würde sie ordentlich die Meinung sagen und ihn dann endlich verlassen!

In ihrer Rage hatte sie auf dem Rückweg zu ihrem Auto nicht auf ihre Umgebung geachtet und stand plötzlich einem fremden Mann gegenüber, der sie offensichtlich als leichte Beute betrachtete. Er blies ihr seinen Alkoholatem ins Gesicht, presste sie an sich und versuchte sie ins Gebüsch zu drängen. In ihrer Wut dachte Polly überhaupt nicht nach, sondern tat ganz automatisch das, was ihr Tessie damals in der Pubertät gezeigt hatte.

Sie stampfte ihren Fuß auf seinen und schlug die rechte Faust mit voller Kraft auf die Mitte des Rippenbogens. Der Mann starrte sie einen Moment überrascht an und fiel dann wortlos in sich zusammen.

Pollys Wut war verraucht und auf dem Heimweg, versuchte sie vernünftiger zu überlegen. War sie nicht zu vorschnell mit ihrer Bewertung des Gesehenen am Casino? Es konnte sich doch auch um etwas ganz anderes, etwas Harmloses gehandelt haben.

Aber so richtig glaubte sie diesen Einwänden auch nicht mehr.

Was sie brauchte, war Gewissheit.

Die bekam sie schon am nächsten Tag, als sie beim Wettbewerb eine Apfelrolle *Kristall* vorbereitete, die sie mit Kardamom und Granatapfel aufgepeppt hatte.

Nach einer fast schlaflosen Nacht und der ständigen Grübelei, war sie ziemlich unkonzentriert. Schon als sie die Apfelrolle zum Tisch der Jury brachte, war ihr klar, dass sie an diesem Tag nur unter *ferner liefen* eingeordnet werden würde.

Kerem dagegen gewann mit seiner Apfelrolle nach ihrem Rezept, einschließlich des Kardamoms und des Granatapfels.

Polly war am Boden zerstört. Jetzt hatte sie zwar den Beweis, dass Dirk ein falsches Spiel trieb, aber vielleicht auch die Chance auf den Gesamtsieg vertan. Rina mit ihrem wirklich außergewöhnlichen Einfühlungsvermögen, erwartete sie schon an der Wohnungstür.

„Ich habe uns heißen Kakao gemacht, damit wird alles leichter."
Polly wäre am liebsten in Tränen ausgebrochen, aber dann straffte sie ihren Rücken.

Ja, es gab eine Niederlage und es war ihre eigene Schuld, aber sie würde ihrer Tochter zeigen, wie man auch damit fertig wurde. „Du weißt schon, dass das heute schief ging?"

Rina nickte. „Aber es bleibt nicht so, noch hast du alle Chancen, wenn der letzte Kuchen super wird. Und das wird er bestimmt. Es wird alles gut, sagt Grannie Lea immer, es braucht nur ein bisschen Zeit. Und ich weiß, dass sie absolut recht hat."

Polly umarmte ihre Tochter dankbar und fühlte sich nach einigen Schlucken Kakao wirklich leichter. „Du hast recht. Morgen werde ich den unwiderstehlichen Cheesecake backen und gewinnen. Und danach fahren wir beide zu deinem Geburtstag in den Ferien weg. Würde dir das gefallen?"

Rina lächelte zaghaft. Sie hatte endlich den letzten Milchzahn verloren und Hemmungen unbeschwert zu lächeln. „Fahren wir zu Oma Tessie oder zu Grannie Lea?"

Polly holte tief Luft, irgendwann musste sie das ja angehen. Warum also nicht gleich? „Wir haben Oma Tessie noch nie besucht, ich denke, dass jetzt genau die richtige Zeit ist."

Nur in ihren Gedanken kam der Begriff *Nach-Hause-kommen* vor.
Zu Rina sagte sie nichts davon, die hätte es auch nicht verstanden,
da sie es vermied, über das schwieriges Verhältnis zu ihrer Mutter
zu sprechen.

„Aber Dirk nehmen wir nicht mit, oder?"
Polly sah den ängstlichen Blick ihrer Tochter und zog sie in die
Arme. „Nein, wir zwei Amazonen ziehen alleine los."
„Juhu, das wird Mega!" Rina tanzte fröhlich durch das Zimmer.
So locker und ausgelassen hatte Polly sie schon lange nicht mehr
gesehen. Es ist wirklich Zeit, Entscheidungen zu treffen, mahnte sie
sich.

Für den folgenden Tag prüfte sie noch einmal das Rezept in ihrem
Buch und hoffte, dass ihr der Joker von Oma Lea, ausreichend helfen würde. Dann bereitete sie noch alles gründlich vor und legte
sich rechtzeitig schlafen.

Am nächsten Morgen, dem letzten Tag des Wettbewerbs, war die
Aufregung der Teilnehmer fast greifbar, aber auch der Wille, die
allerletzte Möglichkeit für einen Sieg noch zu nutzen und den besten Käsekuchen zu kreieren. Daher wurde mit noch mehr Konzentration, bei einigen auch mit noch mehr Nervosität gerührt, geschlagen, gespritzt oder eben auch fallengelassen.

Polly fühlte sich mit ihrem Rezept des typischen New-York-
Cheesecakes ziemlich sicher, das sie zeitsparend abgewandelt hatte. Im Original hätte die Frischkäse-Masse im Wasserbad gekocht

und dann 4 Stunden abgekühlt werden müssen. Das war für einen Wettbewerb von zwei Stunden undenkbar.

Deshalb hatte sie den ziemlich fetthaltigen Frischkäse mit einer speziellen Tinktur vorbehandelt und ihn dann auf einem Biskuitboden gebacken. Sie brauchte nur einen kurzen Blick um festzustellen, dass Kerem das Gleiche vorbereitete.

Vermutlich hatte Dirk, dieses Schwein, auch noch ihre Tinktur verkauft. Ehe sie unruhig werden konnte, erinnerte sie sich daran, dass genau diese Tinktur ihr Joker war.

Oma Lea stellte sie selbst aus mehreren, leicht orientalisch angehauchten Gewürzen her, von denen sie ihr nur einige genannt hatte. Der Rest war streng geheim.

Und davon durften nur 3 Tropfen in den Frischkäse und das auch erst kurz vor dem Backen. Was passierte, wenn man diese Order nicht einhielt, wusste Polly nicht, da sie den Versuch nie gewagt hatte. So oft, wie sie Tessie widersprach, so brav folgte sie den Anweisungen von Oma Lea. Das war auch in der Erinnerung schon sehr sonderbar. Sie schüttelte den Kopf, als ihr das bewusst wurde. Es war wirklich Zeit umzudenken!

Als sie ihren Kuchen aus dem Ofen holte, sah sie wieder zu Kerem. Sein Kuchen sah nur ein wenig anders aus, als ihrer, aber er schien die Form nicht so gut zu halten.

Während sie den Kuchen dekorierte, gratulierte sie sich innerlich dafür, dass sie die genaue Anwendung der Tinktur nicht vermerkt hatte. Solche Gebote hatte man im Hinterkopf, wenn man Bescheid wusste. Dieser Gedanke ließ sie etwas boshaft lächeln, als sie ihren Cheesecake, verziert mit frischen Himbeeren und Spiralen aus Mokkaschokolade, zum Tisch der Jury brachte.

Dort sammelten sich schon die unterschiedlichsten Käsekuchen-Varianten der anderen Bewerber, während sich die Letzten inzwischen ziemlich hektisch bemühten, endlich auch fertig zu werden, bevor der Gong ertönte. Nach dem Signal saßen alle erschöpft, aber auch nervös und angespannt auf ihren Plätzen und sahen dem Procedere der Jury zu.

Zwei Frauen und ein Mann, alles bekannte Bäckerinnen oder Konditoren, betrachteten die Kunstwerke der Teilnehmenden genau und kritisch, beschnupperten sie ebenfalls, bevor sie sie der Reihe nach kosteten. Bei jedem Kuchen bewerteten sie die Konsistenz, den Geschmack, den Schwierigkeitsgrad und die handwerklichen Fähigkeiten, ohne zu wissen, von wem das Produkt stammte. Polly hielt fast den Atem an, als zum Schluss nur noch ihr Cheesecake und der von Kerem standen.

Nachdem die Juroren bei ihrem Kuchen in verzücktes Lächeln und genussvolle *Ahs* und *Ohs* ausbrachen, hatte sie das Gefühl, dass ihr gerade ein Felsbrocken vom Herzen fiel.

Aber noch war eine Bewertung offen. Zunächst gab es lobende Worte über die Fluffigkeit des Teiges und die Farbe von Kerems Kuchen.

Dann kostete der erste Juror das Kuchenstück, verzog angeekelt das Gesicht und spuckte die Kostprobe in eine Serviette. „Das ist gallebitter! Absolut ungenießbar!"

Die anderen Juroren schauten zuerst ungläubig, reagierten dann aber nach ihrer Kostprobe genauso. Da wurde Polly klar, wie Oma Leas Tinktur wirkte, wenn man sie nicht sachkundig anwendete. Überglücklich nahm sie die Siegerurkunde, den Scheck und auch den Buchvertrag entgegen.

Damit hatte sie jetzt aus eigener Kraft, die besten Möglichkeiten für die Zukunft, ohne den Mann, mit dem sie nur noch die Wohnung teilte und der sie und ihre gemeinsame Tochter nicht zu schätzen wusste.

Wie wenig er das wirklich tat, überraschte sie zuhause doch noch etwas. Er gab sich nicht die geringste Mühe, seinen Verrat zu verschleiern, sondern griff sie auch noch an, kaum dass sie die Wohnung betreten hatte.

„Das hast du wirklich toll hingekriegt, du mit deinem übertriebenen Ehrgeiz. Ich hatte die Aussicht auf 50.000, wenn Kerem gewonnen hätte, damit war ich finanziell wieder saniert. Aber du musstest ja unbedingt selbst gewinnen. Jetzt siehst du wohin das führt.

Dort liegt ein Brief mit deiner Kündigung. Kerems Familie gehört das Hotel, in dem du jetzt nicht mehr beschäftigt bist."

Polly riss den Umschlag auf und sah, dass der Brief auf einen früheren Zeitpunkt datiert war, genau dem ersten Tag des Wettbewerbs. Schon da wollte man sie loswerden.

„Das ist kein Problem, es erspart mir lediglich selbst zu kündigen. Ich suche mir was Neues."

Dirk grinste hämisch. „Aber bestimmt nicht hier. Du musst ausziehen!"

Jetzt wurde Polly wirklich wütend. Mit dem Blick, den sie ihm zuwarf, hätte man problemlos Farbe abbeizen können.

„Du willst deine Tochter und mich auf die Straße setzen?"

Er wandte sich einfach ab. „Das ist alles deine Schuld und ob es wirklich meine Tochter ist, weiß niemand genau."

Als Polly noch nach Luft schnappte, ergänzte er.

„Außerdem hat der Vermieter gekündigt. Wir haben keine Miete gezahlt und er droht schon länger mit Räumung."

„Ich habe dir doch die Miete", begann Polly empört, brach dann aber ab. „Du hast mein Geld einfach behalten?"

„Von irgendetwas musste ich doch leben, die Geschäfte gehen gerade nicht gut. Ich weiß auch nicht, wo ich jetzt hin soll", begann er zu jammern, aber Polly wandte sich endgültig ab.

Sie wusste, wohin sie gehen konnte, zum Glück! Sie würde jetzt einfach ihre Sachen packen und Rina später in der Schule ummelden. Nur gut, dass die Kleine noch nicht zuhause war.

Genau in dem Moment sah sie deren ängstliche Augen unter dem Regal im Flur. Sie warf einen letzten abfälligen Blick auf Dirk, der offensichtlich nur über die emotionale Reife einer Stechmücke verfügte. Das, was er Rina gerade angetan hatte, würde sie ihm nie verzeihen, niemals!

Früher hatte sie kein Verständnis für die Frauen, die die Anzüge ihres Ex zerschnitten oder sein Lieblingshemd verbrannten oder Juckpulver in die Strümpfe streuten, aber jetzt hätte sie das auch am liebsten getan. Irgendetwas Schlimmes, um ihn so zu verletzen, wie er ihre Kleine verletzt hatte.

Aber Rina war wichtiger. Sie zog sie aus ihrem Versteck, umarmte sie schützend und half ihr, die Sachen zu packen, an denen sie hing. Anschließend warf sie ihre Sachen ziemlich gleichgültig in einen Koffer und nahm nur nebenbei wahr, wie wenig ihr eigentlich in dieser Wohnung gehörte. Ihre Backutensilien, ihren kostbarsten Besitz, verstaute sie in dem großen Weiden-Koffer, den sie bereits mitgebracht hatte und verließ mit Rina kommentarlos die Wohnung, ohne zurück zu blicken.

Alles was ihr wichtig war, passte in ihren Kleinwagen. Das war etwas, das sie schon nicht mehr erstaunte, dafür umso mehr Rinas Reaktion.

Während Polly noch überlegte, wie sie sie aufheitern könnte, seufzte ihre Tochter, kaum fünf Minuten vom Haus entfernt tief auf.

„Er ist wirklich ein Idiot! Wir finden bestimmt einen Besseren."

Polly freute sich über das abenteuerliche Funkeln in Rinas Augen und bestätigte. „Da hast du absolut recht! Lass uns nach Hause fahren und etwas Neues beginnen."

Obwohl sie Rinas gute Laune, unterwegs die ganze Zeit mittrug, wuchs ihre Angst vor dem Wiedersehen, je näher sie Tessies Haus kamen. Erstaunlicherweise war ihre Mutter zuhause, als Rina eifrig voran lief, klingelte und ungeduldig klopfte.

Dann ging die Tür auf, Tessie stutzte kurz und öffnete dann die Arme für beide.

Polly stellte die Koffer ab und ließ sich, mit Tränen in den Augen, wie früher einfach in die Umarmung fallen. „Mam", schniefte sie. „Ich habe es wieder mal total verbockt."

Tessie lächelte nur glücklich. „Ach weißt du, es hätte schlimmer kommen können."

Ein Fall von Erpressung

Die jungen Leute denken, die Alten seien Narren, aber die Alten wissen besser, wer die Narren sind.- Agatha Christie

„Heute wird ein wunderschöner Tag!" Lea Sommer lächelte ihrem Spiegelbild zu. Mit diesem fantastischen Make-up und dem neuen Kleid in einem hellen Olivgrün, sah sie auf gar keinen Fall wie 68 aus, auch wenn ihre Geburtsurkunde auf dieser Zahl beharrte. Ihre früher leuchtend roten Locken waren etwas verblasst, schimmerten aber immer noch wie altes Gold oder wie die Mähne eines Löwen, wie Henry gerne betonte.

Durch das Fenster lächelte die Sonne und Lea lächelte zurück.

Das Wetter hatte sich Anfang März schon entschieden, einen kräftigen Vorschuss auf den Frühling zu geben und den würde sie nutzen.

Am Nachmittag wollte sie Henry zu einem langen Spaziergang um den See verführen und dann vielleicht eins von den winzigen Törtchen in dem kleinen Café kosten. Aber nur eins, denn sie war stolz darauf, immer noch Größe 38 zu tragen. Na ja, manchmal musste sie mit Spanx nachhelfen, aber dafür waren diese Elastikteile schließlich erfunden worden.

Lea hätte noch einige Wünsche gehabt, was man erfinden könnte.

Älter werden zum Beispiel, sollte nach ihrer Meinung, angenehmer und ohne größere Probleme verlaufen. Was sprach denn dagegen, im menschlichen Genom das Verfallsdatum festzulegen? Wenn man als Gegenleistung dafür, sein Leben bis zu diesem Zeitpunkt völlig gesund und klar im Kopf genießen könnte, statt darauf zu warten, dass man Stück für Stück auseinanderfiel oder sich in unappetitliche Falten legte. Das vor allem war etwas, was ihr über- haupt nicht behagte und deshalb hielt sie auch ihr Gymnastikprog- ramm eisern durch und versuchte Henry immer wieder dafür zu begeistern. Er sah für seine 74 Jahre ebenfalls noch fantastisch aus, schätzte aber mehr die Bequemlichkeit.

Seit der Hausarzt bei ihm eine leichte Tachykardie und erhöhte Blutfettwerte festgestellt hatte, wäre er am liebsten ständig zuhause in seiner gemütlichen Bibliothek geblieben und hätte gelesen oder wäre allerhöchstens noch ins Geschäft gegangen, um zu sehen, ob der Geschäftsführer seine Sache wirklich gut machte.

Aber sie hatte heimlich mit dem Arzt besprochen, was zu machen sei, damit Henry ihr noch lange erhalten blieb.

Lea lächelte bei diesem Gedanken erneut, während sie das fettarme Frühstück vorbereitete. Sie hatte die Männer zeit ihres Lebens viel zu sehr gemocht, um sich ernsthaft auf einen einzulassen.

Aber mit Henry war alles anders geworden. Nicht nur, dass der Witwer mit seinem vollen weißen Haar, seinen blauen Augen und seiner hochgewachsenen, straffen Figur sehr gut aussah, da war einfach mehr gewesen. Er hatte sich so aufmerksam, so innig um sie bemüht und war dabei so charmant, dass sie sich mit 58 Jahren, zum ersten Mal, wie von einem Blitz getroffen fühlte und tatsächlich entschieden hatte, bei diesem Mann zu bleiben.

Seither lebten sie harmonisch in seinem Haus am Obersee, das Lea nach ihren und seinen Wünschen, mit klassischen Möbeln und ausgesuchten Antiquitäten, wunderbar eingerichtet hatte. Henry ließ ihr, wie immer freie Hand und Lea hatte sich mit Elan in die Aufgabe gestürzt, aus einem in die Jahre gekommenen Haus, ein gemeinsames Zuhause zu machen.

Wochenlang verfolgte sie Einrichtungssendungen im Fernsehen, gestaltete Skizzen und machte Ablaufpläne. Einrichten schien ein neues Talent zu sein, das sie in dieser Zeit an sich entdeckte und das ungeahnte Kreativität hervorbrachte. In relativ kurzer Zeit wusste sie alles über die Wirkung von Farben, hatte sich in unterschiedliche Einrichtungsstile vertieft und suchte ständig im Internet nach neuen praktischen Tipps.

Nach ihrem Verständnis konnte sie als Amazone natürlich alles selbst und ganz bestimmt auch besser als andere. Deshalb hatte sie auch nach einem heftigen Streit mit dem Fliesenleger, diese Arbeiten selbst übernommen und das Bad war spektakulär, wie Henry betonte. Auch Lea war stolz auf sich, wie gut ihr der Farbverlauf bei den Fliesen gelungen war, von einem silbrigen Blaugrau bis zu einem schimmernden Weiß. Also machte sie einfach weiter und übernahm auch alle Malerarbeiten selbst.

Nachdem sie jedem Raum in diesem Haus ihren ganz eigenen Stempel aufgedrückt hatte, hätte sie sich gerne ein wenig in der Anerkennung ihrer Familie gesonnt und vielleicht auch ein wenig angegeben, aber da waren die Chancen schon vertan, die Streitigkeiten mit Tochter und Enkelin zu beenden.

Das Verhältnis zu Henrys Familie war von Anfang an mehr frostig als freundlich, aber er schien an ihrer Seite richtig aufzublühen. Während er früher jeden Tag in seiner Wein- und Spirituosen-Handlung „Der gute Tropfen" zubrachte, stellte er wegen Lea einen Geschäftsführer ein, machte Reisen, um ihr seine Lieblingsorte zu zeigen und besuchte mit ihr Konzerte, die sie sich wünschte. In der Zeit mit Henry hatte sie mehr von der Welt gesehen, als in der gesamten Zeit davor, war aber auch in seine Welt eingetaucht.

Er liebte sein Geschäft noch immer und auch Lea, die früher nicht gewusst hätte, wie man einen Châteauneuf-du-Pape richtig aussprach, hatte sich ihm zuliebe, intensiv damit beschäftigt. Inzwischen kannte sie viele gute Weine und auch die Whiskys der Extraklasse. Sie wusste, wann ein Wein tanninreich oder weich war und konnte problemlos folgen, wenn es um den Körper eines Weines oder seinen Abgang ging.

Regelmäßig nahm sie an Weinproben und anderen Verkostungen teil, wo sie nach Henrys Einschätzung die Gäste regelrecht verzauberte und zum Kaufen animierte. Sie selbst fand sich nicht nur charmant, sie wusste auch genug, um sich mit Kennern darüber zu unterhalten, was sich als langfristige Geldanlage lohnen würde. Schließlich kannte sie sich genau mit Ranking-Methoden auf diesem Gebiet aus, den Parker-Punkten beim Wein und den Jackson-Punkten beim Whisky.

Früher hätte sie nie über so etwas nachgedacht, weil ihr das Geld einfach zu oft durch die Hände geflossen war.

Aber so eine Flasche des exzellenten schottischen Single Malt Whisky, die eine nachgewiesene Wertsteigerung von 260% in nur zwei Jahren hatte, ließ sie doch öfter über ihre mangelnde Zukunftsabsicherung nachdenken.

Allerdings fehlte ihr dafür jegliche Idee, weshalb sie schon bedauert hatte, sich nicht mit der gleichen Intensität in die Finanzwelt eingelesen zu haben, wie in die Raumgestaltung oder die feine Küche. Sicher, sie bekam eine kleine Rente aus der Zeit als Köchin in unterschiedlichen Hotels, aber damit kam sie bestimmt nicht weit.

Henry hatte oft darauf gedrängt, sie zu heiraten, aber Lea fühlte sich ihrem Amazonenerbe verpflichtet, und die waren frei, gehörten niemandem, konnten alles selbst und kamen mit allem alleine zurecht.

Darauf war sie wirklich stolz, aber gerade in letzter Zeit kam sie öfter ins Grübeln. Hatte sie die Selbständigkeit doch übertrieben? Zu ihrer Tochter und zu ihrer Enkelin war der Kontakt schon vor langer Zeit abgebrochen.

Lediglich Rina, die Urenkelin, die sie, feinfühlig wie sie war, niemals Uroma nannte, meldete sich regelmäßig.

Schon das Wort Urgroßmutter hätte bei Lea einen ekelhaften Nesselausschlag oder sogar eine enorme Übelkeit hervorrufen können.

Sie schüttelte sich noch bei der Erinnerung an diesen Begriff und konzentrierte sich wieder auf das Frühstück.

Henry, der noch am Telefon gewesen war, kam mit einem ernsten Gesicht ins Esszimmer. „Julian hat angerufen, es gibt ein ziemliches Problem im Geschäft. Ich werde anschließend gleich hinfahren.“

Lea war enttäuscht. Bye, bye Frühlingsspaziergang, dachte sie noch, ergänzte dann aber. „Ich komme mit.“

Am späten Vormittag betraten beide die gepflegte Wein- und Spirituosen-Handlung am neuen Markt.

Lea mochte das alte, ein wenig morbide Haus, das seine Würde fast trotzig, neben aufgehübschten und auf modern getrimmten Gebäuden behauptete.

Neben den Räumen im Erdgeschoss mit endlosen Regalen aus dunklem Holz, gab es noch einen großen Raum im Keller, fast ein Gewölbe mit zahlreichen Spitzbögen, das für Weinverkostungen ein perfektes Ambiente sicherte.

Auch wenn Lea wusste, dass der leicht rauchige Duft automatisch eingespeist wurde, atmete sie jedes Mal genießerisch ein.

Dabei fühlte sie sich immer an die Reisen erinnert, die sie mit Henry nach Schottland gemacht hatte, an die Whisky-Brennereien, die sie besucht und die interessanten Geschäftspartner, die sie kennengelernt hatten. Mit einigen stand sie über Skype noch immer im Kontakt.

Der Geschäftsführer, ein sympathischer Mann um die vierzig, empfing sie mit sorgenvollem Gesicht.

Eigentlich wollte Henry damals, als er sich zurückzog, das Geschäft gleich an seinen Neffen Volkmar übergeben, hatte es sich aber überlegt, als er von dessen Neigung zu dubiosen Anlagen am grauen Kapitalmarkt hörte und von ehemaligen Geschäftspartnern erfuhr, die er eiskalt betrogen hatte.

Nach reiflicher Überlegung machte er dann Julian Richter, seine bisherige rechte Hand, zum Geschäftsführer. Allerdings hatte Lea gehört, dass Henrys Schwester bis heute, deswegen beleidigt sei.

Mit ihr hatte niemand darüber gesprochen, sie war ja nur die lästige *Frau Freundin* von Henry. Lea lächelte immer, wenn sie daran dachte, denn sie wusste genau, sie war so viel mehr für ihn und er für sie, auch ohne Trauschein.

Nachdem sie in Julians Büro Platz genommen hatten, erklärten sich seine Bedenken und sein sorgenvolles Gesicht sehr schnell.

„Wir werden erpresst", sagte er ernst und legte ein Blatt auf den Tisch. Mit Buchstaben aus Zeitschriften aufgeklebt stand dort: *Wir fordern 10.000 Euro! Wenn Sie sich weigern, gibt es einen Riesen-Skandal!*

Henry griff sich sofort erschüttert in die Herzgegend und Lea legte ihm beruhigend die Hand auf den Arm. Sie sah das Ganze noch nicht so dramatisch. Erpressungen funktionierten höchst selten, das wusste doch jeder!

Außerdem hatte sie so viele Krimis von Agatha Christie gelesen und fühlte sich als Fan von Miss Marple, ziemlich gut für solche Situationen gewappnet. „Ist das die einzige Nachricht?"

„Nein, natürlich nicht." Julian legte ein zweites Blatt auf den Tisch. Lea musste sich nach vorne beugen, um zu lesen, was gefordert wurde.

Eine der Black Bowmore Flaschen ist vergiftet. Wenn der Betrag nicht innerhalb einer Woche auf unserem Konto eingegangen ist, informieren wir die Öffentlichkeit.

Danach folgten noch die Angaben für ein Bankkonto im Ausland.

Lea war die Brisanz dieses Schreibens sofort klar. Kein Mensch würde es je wieder wagen, hier etwas zu kaufen!

Das wäre das Ende von Henrys Geschäft. Aber gleich nachgeben, ohne zu wissen, was danach kam? Auf keinen Fall!

Henry reagierte deutlich vorsichtiger. „Ich denke, da müssen wir schweren Herzens zahlen", begann er, aber Lea unterbrach ihn.

„Lass uns erst mal in Ruhe darüber nachdenken, noch ist ja ein wenig Zeit. Du kannst nicht den Ruin des Geschäftes riskieren, das ist mir klar, aber vielleicht finden wir noch etwas Nützliches heraus. Wann sind denn diese Schreiben gekommen?"

Julian räusperte sich verlegen. „Ich weiß es nicht genau. Eine Nachricht lag heute früh auf meinem Schreibtisch und die zweite war im Posteingang, obwohl die Sekretärin sich absolut sicher ist, dort nichts abgelegt zu haben. Ich weiß es also nicht. Müssten wir nicht die Polizei einschalten? Die Briefe habe ich nur einmal angefasst und dann gleich in Folie gepackt".

Henry, der auffallend blass wurde und etwas mühsamer atmete, hob sofort die Hand. „Keine Polizei! Da können wir das Geschäft auch gleich schließen."

„Wir müssen doch", begann Julian, aber Lea winkte mit Blick auf Henry ab. „Danke Julian, dass du uns gleich informiert hast. Jetzt brauchen wir erstmal ein wenig Ruhe, um über alles nachzudenken. Noch ist es ja nicht eilig."

Nachdem sie zuhause darauf geachtet hatte, dass Henry seine Herzmedikamente einnahm, erläuterte sie vorsichtig ihre Meinung zum weiteren Vorgehen.

„Du hast absolut recht, Henry, dass uns die Polizei nicht weiterhelfen kann, also müssen wir das selbst tun. Wir sind beide intelligente Menschen und können auch ein solches Rätsel lösen."

Henry lächelte etwas gequält, aber ruhiger. „Meine Löwin, was würde ich nur ohne dich machen. Wie willst du vorgehen?"

Lea lächelte geschmeichelt. „Ich könnte jetzt wie Miss Marple ein Beispiel aus dem Dorf St. Mary Mead zitieren, wo etwas Ähnliches passiert ist, aber hier genügt etwas anderes, wofür sie auch berühmt war, nämlich Intelligenz, Beobachtungsgabe, Menschenkenntnis und Logik. Denn es gibt einige Unklarheiten:

1. Wieso verlangen die Erpresser nur 10.000 Euro? Dein Geschäft ist eindeutig mehr wert. Das kann bedeuten, dass ein relativ bescheidener Mensch wirklich nur diese Summe dringend braucht oder es ist ein Test, dem weitere Erpressungsversuche folgen werden. Dann bringt uns die sofortige Zahlung keine Sicherheit.

2. Falls tatsächlich eine der teuersten Whiskyflaschen manipuliert wurde, wer hätte das tun können?

Und jetzt komme ich wieder zu Miss Marple. Sie hat in der Geschichte *Greenshaws Folly* einen Täter entlarvt, der sich als alte Frau verkleidet hatte und vorgab, die Kräuterbeete im Garten zu jäten. Ihr fiel sofort auf, dass er sowohl Kräuter, als auch Unkraut entfernt hatte. Er hatte also keine Ahnung von dem, was er tat. In unserem Fall ist es umgekehrt. Genau die teuerste Whiskyflasche zu manipulieren, setzt entsprechendes Wissen voraus. Und natürlich auch die Gelegenheit. Wer hätte die gehabt?

Kunden ganz sicher nicht, denn dafür hätte jemand viel Zeit gebraucht. Er musste den Schrank unbemerkt öffnen und dabei auch noch ungestört sein. Es gab aber keine Einbrüche, denn dein Sicherheitssystem ist Spitze. Und dass ein Erpresser eine manipulierte Whiskyflasche von zuhause mitbringt, um sie ins Regal zu schmuggeln, halte ich für ausgeschlossen."

„Du meinst einer meiner Angestellten würde so etwas machen?"
Henry war entsetzt. Auch Lea wiegte noch zweifelnd den Kopf.
„Möglicherweise wird ja einer von ihnen unter Druck gesetzt?
Vielleicht von der Konkurrenz."

Das schien Henry einzuleuchten. „Aber was können wir jetzt tun?
Wie erfahren wir, was da wirklich läuft? Für Julian lege ich meine
Hand ins Feuer, aber für alle Angestellten könnte ich das nicht."
Lea überlegte fieberhaft.

Miss Marple gab in den Romanen meist nur Hinweise und wurde
selten selbst aktiv, allerdings plante sie in *Eine Weihnachtstragödie*
dem Verdächtigen eine Falle zu stellen. Das könnte auch hier auch
funktionieren.

So langsam begann sich in ihrem Kopf ein Plan zu entwickeln, den
sie noch von allen Seiten daraufhin abklopfte, ob er nicht noch zu
Schlimmerem führen würde.

Dann lächelte sie zufrieden. „Ich habe eine Idee. Gib mir einfach
zwei Tage, um das Rätsel zu lösen. Sollte es wider Erwarten nicht
klappen, kannst du das Geld immer noch überweisen."
Henry lächelte erleichtert. „Lea, du bist einfach die Beste. Ich werde mich jetzt ein wenig hinlegen, ich bin für solche Aufregungen
einfach nicht gemacht."
Lea sah ihm sorgenvoll nach. Sie vermutete, dass da mehr war, als
nur leichte Herzbeschwerden. Deshalb hatte sie schon alles getan,
was ihr Dr. Schröder, der Hausarzt, geraten hatte. Sie achtete auf

das richtige Essen, sie animierte Henry, sich zu bewegen, übersah es aber auch mal, wenn er sich ein Glas von seinem geliebten Whisky gönnte, aber natürlich war dieser Stress, Gift für ihn. Also würde sie ihn nicht weiter behelligen, sondern ihren Plan durchziehen.

Am Abend führte sie noch einige längere Telefonate, ehe sie ihren Plan noch einmal gedanklich durchspielte. Dann lehnte sie sich, zufrieden mit den Möglichkeiten, entspannt zurück.

Es hatte sich immer gelohnt, dass sie mit all ihren Männern nie Rosenkriege geführt, sondern sich von allen in gutem Einvernehmen getrennt hatte. Und das lag sicher nicht nur an ihren fantastischen Kochkünsten, sondern auch an ihren diplomatischen Fähigkeiten. Bei dem letzten Gedanken schüttelte sie jedoch zweifelnd den Kopf. Wenn es um ihre Familie ging, da hatte sie genau diese Fähigkeiten leider sehr oft vergessen. Aber auch das würde sie irgendwann in Ordnung bringen.

Am nächsten Morgen traf sie sich mit André, einem charmanten Franzosen, der als privater Ermittler vor allem für Prominente arbeitete. Seine Honorare hätte sie sich vermutlich gar nicht leisten können, aber das spezielle Gerät, mit dem man Wanzen aufspüren konnte, überließ er ihr leihweise, einfach so, schon wegen der schönen Erinnerungen, die sie beide teilten.

Als Lea danach in der Wein- und Spirituosen-Handlung eintraf, ging sie nicht zu Julian ins Büro, sondern blieb am Weinregal bei einer Flasche Mâcon-Villages stehen, betrachtete sie interessiert und bat eine Verkäuferin den Geschäftsführer zu rufen.

Nachdem sie festgestellt hatte, dass an den Regalen nicht abgehört wurde, flüsterte sie Julian ihren Verdacht zu.

Der ging anschließend mit ihr zu seinem Büro und wartete gespannt auf das Ergebnis, während sie suchend durch den Raum ging. Schon nach kurzer Zeit hob sie den Daumen, einmal direkt am Schreibtisch, dann noch einmal an einem Regal. Der *Wanzenfinder* hatte also zwei Stellen lokalisiert, die sich Lea genau ansah, ohne irgendetwas daran zu verändern.

Dann begann sie ein Gespräch, als wäre sie gerade erst gekommen. „Ich denke, von diesem Cabernet Sauvignon sollte ich noch etwas mehr für Henrys Geburtstag ordern. Den mochte unser Besuch neulich sehr. Also zwei Kisten zusätzlich. Du siehst heute wirklich etwas gestresst aus. Du machst dir doch nicht etwa immer noch Sorgen wegen des Erpressers? Da habe ich schon eine Lösung. Ein alter Bekannter von mir ist privater Ermittler, der sich mit Erpressung sehr gut auskennt. Er arbeitet nur für Prominente und hat natürlich jede Menge modernster Technik. Ich habe vorhin mit ihm gesprochen und er hat mir versichert, sollte eine Flasche manipuliert sein, findet er das heraus und sogar noch mehr. Hast du schon mal im Krimi gesehen, wie sie Blut, das schon eingetrocknet ist, mit einer Luminol-Lösung wieder sichtbar machen? Er sagt, seine

Lösung wirke so ähnlich und er könnte damit sogar die DNA des Täters herausfinden. Es ist wirklich fantastisch, was man heute alles machen kann. Also, der Mann kommt morgen früh, etwa eine Stunde bevor du den Laden öffnest und dann ist der Spuk zu Ende.“

Bevor sie ging schob sie Julian noch einen Zettel zu. *Ich mache heute hier eine Nachtschicht, du kannst dich gerne beteiligen.* Julian, der bisher von ihren Informationen überwältigt schien, begann zu grinsen, bevor er heftig nickte.

Nach einem entspannten Abend mit Henrys Lieblingsmusik, sorgte Lea dafür, dass er sich rechtzeitig zurückzog, während sie noch einige Vorbereitungen für seinen Geburtstag treffen wollte, die natürlich streng geheim waren. So konnte sie sicher sein, dass er ihre Pläne nicht noch durchkreuzte.

Als sie sich passende, dunkle Sachen anzog, fühlte sie trotz des Ernstes der Lage, ein leichtes Prickeln der Vorfreude, ein wenig von der Abenteuerlust, die sie die letzten 10 Jahre auf Eis gelegt hatte.

Julian, den sie gegen 23.00 Uhr am Seiteneingang des Geschäftes traf, hätte sie beinahe nicht erkannt, denn auch er hatte sich völlig in schwarz gekleidet und brachte zum Glück noch starke Taschenlampen mit. Gemeinsam schlichen sie zu einer Stelle im Geschäft, von der aus, sie beide Eingangstüren sehen konnten. Vor sich hatten sie zwei große Regale mit Whiskyflaschen, die in edlen Verpackungen auf den Verkauf warteten und seitlich, den Schrank aus schwarzem Glas, der die teuersten Whisky-Sorten enthielt, vermutlich auch die betroffene Black Bowmore Flasche.

Julian hatte zwar an ein paar Sitzkissen gedacht, aber nachdem sie eine Stunde ergebnislos gewartet hatten, bekam Lea einen Krampf im rechten Bein. Leise schimpfend stand sie auf, um das Bein zu lockern und zu strecken. Sie hatte nie irgendwelche Krämpfe. Wieso passierte ihr das ausgerechnet jetzt?

Gerade als sie deswegen in eine richtige Schimpfkanonade ausbrechen wollte, hörte sie ein Schließgeräusch an der Seitentür.

Den Schmerz unterdrückend, hockte sie sich wieder hin, während sich Julian lauernd erhob.

Der nächtliche Eindringling ging zielgerichtet auf den Glasschrank mit den Spitzen-Whiskys zu, bis er von Julian mit der Taschenlampe geblendet wurde. Lea, die froh darüber war, endlich aufstehen zu können, hinkte schnell zum Lichtschalter und ließ den Raum hell erstrahlen. Der Eindringling erstarrte.

Auch Julian war geschockt, ausgerechnet den besten Azubi, Viktor, vor sich zu sehen. „Von jedem anderen hätte ich mir das vorstellen können, aber nicht von Ihnen!"

Viktor ließ schuldbewusst den Kopf hängen und schien sich auch nicht rechtfertigen zu wollen. Lea, die ihre eigenen Vermutungen hatte, tastete sich vorsichtig vor. „Haben sie Schulden bei einem Kredithai?"

Viktor schüttelte zwar den Kopf, sah ihr aber nicht in die Augen.

„Hat Ihnen jemand etwas versprochen, wenn Sie dieses Geschäft zerstören?"

Wieder schüttelte er mutlos den Kopf. Lea überlegte fieberhaft. Gab es möglicherweise einen planenden Kopf im Hinterhalt, wie es Miss Marple genannt hätte?

„Hat Sie jemand erpresst, diese Sache durchzuziehen?"

Jetzt hob er den Kopf und sah sie voller Angst an. „Die bringen mich um, wenn ich etwas verrate und meine Mutter auch!"

Wieso die Mutter? Lea überlegte noch, als ihr Julian zuflüsterte.

„Sie arbeitet in Volkmars Firma."

Jetzt verstand sie den Zusammenhang und das Herz wurde ihr schwer. Das würde Henry kaum verkraften können.

Um Schadensbegrenzung bemüht, setzte sie die Befragung des zerknirschten Azubi fort. „Welche Flasche haben Sie denn manipuliert?"

Viktor zeigte sofort auf eine Flasche, die im Schrank, deutlich hinter den anderen Flaschen stand. „Aber ich habe sie nicht wirklich vergiftet, sondern nur etwas am Stopfen gekratzt, um eine Manipulation vorzutäuschen."

Lea beriet sich flüsternd mit Julian, der daraufhin, den Glasschrank öffnete. Sie nahm die bewusste Flasche heraus und reichte sie Viktor. „Ich gehe davon aus, dass Sie die, Ihrem Auftraggeber bringen sollen?"

Viktor nickte, unsicher was jetzt noch passieren würde.

„Sie machen das wie vorgesehen. Unsere Begegnung vergessen Sie besser und morgen melden Sie sich krank, bis Sie von uns Bescheid erhalten. Einverstanden?"

Als auch Julian nickte, verschwand Viktor eilends.

Julian verschloss den Schrank wieder, konnte aber seine Wut nicht verbergen. „Ich fasse das einfach nicht. Der Herr Neffe hat vermutlich wieder mal Schulden und meint, sein Onkel müsste das ausgleichen. Dabei ist dieses Geschäft nie ein Familienbetrieb gewesen! Henry hat es in jungen Jahren von seinem Mentor gekauft und ausgebaut. Das wird hart für ihn, aber du wirst es ihm sagen müssen."

Lea nickte nur. Aber der Gedanke an Henrys Reaktion ließ sie unruhig schlafen, nachdem sie sich von Julian verabschiedet hatte.

Als Henry am nächsten Morgen etwas erholter aussah, erzählte sie ihm die ganze bittere Wahrheit. Entgegen ihren Befürchtungen, schien er es gelassener aufzunehmen, als sie erwartet hatte. Er schien fast fröhlich und verschwand für lange Zeit in seinem Arbeitszimmer, wo er längere Gespräche führte. Zweimal kam ein Bote vorbei und gab Päckchen ab oder nahm welche entgegen.

Lea, die sich ein wenig ausgeschlossen fühlte, versuchte während des Mittagessens etwas heraus zu bekommen, aber er antwortete kaum.

Etwas unruhig sorgte sie dafür, dass der Wanzenfinder mit einer guten Flasche Wein zu André zurückkam und wünschte sich nur, dass keine weiteren Probleme auftauchten würden.

Erst am späten Nachmittag, kam Henry lächelnd und eine Melodie summend zu ihr, um sie innig zu umarmen. „Jetzt habe ich alles geklärt. Meine kühne Löwin, du würdest mit Sicherheit Miss Marple in den Schatten stellen. Du hast gekämpft, wo ich nachgegeben hätte, deshalb habe ich die geforderten 10.000 Euro auf dein Konto überwiesen. Die hast du dir wirklich verdient."

Lea schmiegte sich in seine Arme und wollte hoffen, dass wirklich alles wieder gut würde.

„Ich habe noch etwas, nichts Besonderes, nur eine kleine Versicherung für dich, wenn ich mal nicht da sein sollte und du Hilfe brauchst."

Daran wollte Lea nicht denken und das, was sie daran erinnern sollte abwehren, dann aber betrachtete sie doch neugierig den kleinen goldenen Schlüssel, den Henry ihr an einer Kette um den Hals legte. Im oberen Teil war etwas eingraviert. Normalerweise konnte Lea nur mit Brille lesen, aber das konnte sie gerade noch erkennen. Was allerdings S 3/2 heißen sollte, wusste sie nicht.

Henry grinste nur vergnügt über ihren Eifer, das Rätsel zu lösen und gab auf ihr beharrliches Nachfragen nur eine Antwort.

„Wenn es soweit ist, wirst du es wissen. Mein Lieblingsdichter wird dir den Weg zeigen. Lass uns nicht weiter darüber reden.

Freuen wir uns lieber darüber, dass du das Rätsel gelöst hast. Und wie du das gemacht hast, das macht mich wirklich stolz und glücklich. Ärgern kann ich mich morgen noch, wenn ich zu meiner Schwester fahre und mit meinem Neffen Klartext reden muss."

Es wurde wirklich ein entspannter Abend. Schon am Nachmittag hatte die Frühlingssonne einem sanften Dauerregen Platz gemacht, der jetzt zu einem leichten Rauschen übergegangen war.

Lea zündete den Kamin an, hörte mit Henry ihre gemeinsame Lieblingsmusik und übersah das winzige Glas Whisky, dass er sich noch spät genehmigte. Sie freute sich so, dass es Henry besser ging, dass sie deswegen vielleicht auch einige Anzeichen übersah, wie sie sich später oft vorwerfen würde.

Nach Mitternacht wurde sie von dem Keuchen geweckt, mit dem Henry mühsam versuchte, einzuatmen. Er war schweißbedeckt und hielt krampfhaft seinen linken Arm.

Lea alarmierte sofort Dr. Schröder, der glücklicherweise im Nebenhaus wohnte und sofort kam. Er warf nur einen kurzen Blick auf seinen Patienten, gab ihm eine Injektion zur Erleichterung der Atmung, dann rief er den Rettungswagen.

Lea hatte rasch ihre Kleider übergeworfen und das Notwendigste für Henry gepackt, als der Krankenwagen schon kam. Sie fuhr mit in die Klinik und saß an seinem Bett bis zum Schluss.

Trotz schneller medizinischer Versorgung und dem deutlich

erkennbaren Wunsch, bei ihr bleiben zu wollen, schloss Henry gegen Morgen seine Augen für immer.

Lea saß noch fassungslos an seinem Bett, als man Henrys Körper schon in einen anderen Raum gebracht hatte.

Was sollte sie nur ohne ihn tun? Fast teilnahmslos fuhr sie mit einem Taxi nach Hause. Zu weinen hätte bedeutet, es anzuerkennen, dass ihr Ein und Alles nicht mehr da war.

Also saß sie einfach nur in ihrer Küche am Tisch. Wenn sie jetzt noch ihre Familie gehabt hätte, gäbe es Arme, in die sie sich fallen lassen könnte. Aber darüber nachzudenken, war ihr einfach zu viel.

Als es am Nachmittag klingelte, wurde ihr bewusst, dass sie fünf Stunden am Küchentisch zugebracht hatte, sich aber an nichts erinnern konnte. Langsam öffnete sie die Tür, durch die sich die Schwester von Henry, sein Neffe und eine ältere Frau drängten. Ohne sie überhaupt zu begrüßen, stürmten die Schwester und der Neffe in Henrys Arbeitszimmer, während die Frau wie eine Wache im Flur blieb. Lea hörte nur noch wie die Schwester rief. „Du musst zuerst den Schreibtisch und den Tresor durchsuchen. Falls er ein neues Testament gemacht hat, bring es mir."

Dann erst wandte sie sich Lea zu. „Frau Sommer, Ihnen dürfte klar sein, dass Ihr Aufenthalt in diesem Haus mit sofortiger Wirkung beendet ist. Sie haben mit meinem Bruder in einer nichtehelichen Gemeinschaft gelebt und haben damit kein gesetzliches Erbrecht.

Falls mein Bruder Sie dennoch irgendwo in einem Testament bedacht haben sollte, werde ich das zu verhindern wissen. Also packen Sie Ihre Sachen, meine Angestellte wird Ihnen helfen. Und nehmen Sie nur mit, was Ihnen auch wirklich gehört."

Lea spürte die Demütigung nur am Rand, denn eigentlich war sie froh, dass ihr jemand half, dieses Haus zu verlassen, das ohne Henry nicht mehr ihr zuhause war.

Mit zwei Koffern und einer Tasche verließ sie das Haus mit hoch erhobenem Kopf, schon um vor dieser arroganten Kuh von Schwester keine Schwäche zu zeigen.

Im Taxi dagegen flossen die Tränen solange, bis sie auf der anderen Seite der Stadt das Haus erreichten, in dem ihre Tochter wohnte. Wenn Tessie sie jetzt abwies, würde sie zusammenbrechen.

Sie hatte einfach keine Kraft mehr. Also nahm sie ihren letzten Mut zusammen und klingelte.

Tessie hatte offensichtlich gerade mit jemandem gescherzt und öffnete lachend die Tür. „Mutter, was willst du hier?"

Ihre Miene hatte sich von freundlich in vorsichtig oder auch abwehrend gewandelt.

Lea holte tief Luft, schließlich war sie immer noch die Mutter! „Ich brauche dein Gästezimmer."

Tessie schüttelte vorsichtig den Kopf. „Das haben Polly und Rina in Beschlag genommen."

„Dann schlafe ich auf der Liege in deinem Arbeitszimmer."

„Aber das geht nicht…"

Da brachen alle Dämme bei Lea und sie schluchzte. „Henry ist tot. Er ist heute Nacht gestorben."

Tessie sah das tränenüberströmte Gesicht ihrer Mutter, das ohne das übliche Make-up und voller Kummer war, und öffnete automatisch die Arme. Lea warf sich hinein und fühlte sich zum ersten Mal ein wenig getröstet.

Auch für Tessie fühlte es sich irgendwie gut an, ihrer Mutter das geben zu können, was sie so oft bei ihr vermisst hatte. Vielleicht würde jetzt doch noch alles gut werden können, auch wenn die Wohnung so langsam zu eng wurde. Aber immerhin, hätte es schlimmer kommen können!

Angriff aus dem Hinterhalt

Auch Wolkenkratzer haben mal klein angefangen. - Unbekannter Verfasser

Tessie stöhnte auf, als sie die Größe des Geländes sah, das ihr der unbekannte Vater vererbt hatte. Sie hatte ohne große Erwartungen die Testamentseröffnung wahrgenommen und lediglich gehofft, keine Schulden zu erben. Auf neue Probleme war sie garantiert nicht wild gewesen.

Die hätte sie nach dem Drama mit der Brandstiftung, durch die sie ihren Kindergarten verlor und den bösartigen Verleumdungen gegen sie, auch überhaupt nicht gebrauchen können.

Mittlerweile war der Brandstifter gefasst, die Versicherung hatte, sicher zähneknirschend, bezahlt und Tessie überlegte noch, was sie als nächstes angehen wollte, als ihre Tochter Polly und ihre Enkelin Rina bei ihr auftauchten. Was genau passiert war, erfuhr sie nicht, denn Polly arbeitete seitdem verbissen an dem Manuskript für ihr persönliches Back-Buch, welches Teil ihres Gewinnes bei einem Backwettbewerb war.

Rina hatte Tessie nur in ihrer altklugen Art erklärt. „Mein Vater ist leider wirklich ein Idiot. Mami und ich werden sicher einen besseren finden".

Ihre Enkelin im Haus zu haben war einfach, aber sie und Polly sprachen nur das Nötigste miteinander und schlichen sonst, jeden

Konflikt vermeidend, umeinander herum.

Tessie fühlte sich oft wie in einem Minengebiet, wo jeder falsche
Schritt eine Explosion auslösen konnte. Aber damit war es noch
nicht genug.

Eine Woche später, stand ihre Mutter Lea weinend, nach dem Tod
ihres Lebensgefährten, vor der Tür, belegte Tessies Arbeitszimmer
und schien auch nicht wieder gehen zu wollen.

So hatte sie ihre früher unverwüstliche Mutter noch nie erlebt,
deshalb nahm sie auch hier Rücksicht. Aber langsam wurde es eng
in der Wohnung und unzählige schwelende Konflikte ließen die
Luft immer dicker werden.

Außerdem waren vier Frauen und nur ein Bad, ein Drama für sich.

Deshalb war sie froh über den Besichtigungstermin gewesen, hatte
sie doch so eine gute Begründung, die Wohnung für längere Zeit
zu verlassen.

Herr Goldberg, der Notar, hatte ihr gleich zu Beginn einen Stoß
mit Unterlagen und Bauplänen in die Hand gedrückt und in seiner
umständlichen Art erklärt. „Das Karree, so wie Sie es hier sehen,
hatte bei der letzten Taxierung einen Wert von 1,2 Millionen. Damals hatte man schon die Gebäude weitgehend geräumt, weil das
gesamte Gelände für diesen Preis an eine Immobiliengesellschaft
verkauft werden sollte."

Tessie wurde bei diesen Aussichten aufmerksamer, aber die Hoffnung, das alles schnell verkaufen zu können, schwand schlagartig,

als Herr Goldberg fortsetzte. „Leider kam der Verkauf nicht zustande, weil der hintere Teil 100 Jahre älter ist, als die anderen Gebäude und deshalb unter Denkmalschutz steht."

Während der Notar die daraus folgenden Auflagen erklärte, ließ Tessie ihre Blicke schweifen.

Ihr gefiel, wie künstlerisch anspruchsvoll, man früher Fabrikanlagen gebaut hatte. Die roten Klinkerwände mit den dunklen Mustersteinen sahen immer noch gut aus, auch wenn der wilde Wein sich seinen Weg ziemlich wild bis nach oben gebahnt hatte.

Das vordere Gebäude, das quer zu einer wenig befahrenen Straße stand, war lediglich einfach und zweckmäßig errichtet und genügte für die Verwaltung, während die langen Trakte rechts und links, mit den wunderbaren Rundbögen im Erdgeschoss, Handwerkern und Manufakturen vorbehalten waren.

Ein wirklich schönes Grundstück, aber irgendetwas stimmte nicht. Tessie fühlte sich beobachtet, obwohl doch alles leer sein sollte.

Offensichtlich hatten die Bergmanns finanzielle Probleme gehabt und wollten deshalb das Grundstück veräußern. Bargeld sei keines mehr da, hatte ihr der Anwalt schon erklärt, der Rest sei für die Krankenhausrechnung und Bankkredite verbraucht worden, aber einige Wertgegenstände seien eingelagert, darum musste sie sich auch schnellstens kümmern.

Während sie innerlich schon eine lange Liste notierte, waren einige der langatmigen Ausführungen des Notars an ihr vorübergerauscht, deshalb zuckte sie fast zusammen, als Herr Goldberg die Zahlungstermine für die Erbschaftssteuer erwähnte.

„Habe ich das jetzt richtig verstanden? Ich erbe ein Grundstück, mit dem ich nichts anfangen kann, dass sich nicht einmal verkaufen lässt und soll dafür noch Erbschaftssteuer zahlen?"

Obwohl sie mit jedem Wort lauter wurde, blieb der Notar ruhig und schob nur seine goldgefasste Brille auf der Nase etwas höher.

„Als Tochter haben Sie bei der Erbschaftssteuer einen Freibetrag von 400.000 Euro, damit wird der Anspruch des Fiskus schon deutlich gemindert.

Wenn es ihnen allerdings gelingen sollte, die Bewirtschaftung wieder in Gang zu bringen und zwar länger als 7 Jahre, würde die Verschonungsregel in Kraft treten und sie hätten eine 100% Befreiung von der Erbschaftssteuer. Lassen Sie mich möglichst zeitnah wissen, wie Sie sich entscheiden."

Herr Goldberg war schon längst zu seinem nächsten Termin geeilt, als Tessie, immer noch wie betäubt auf einer Bank, inmitten ihres ungewollten Besitzes saß, einen Stoß Papiere neben sich und im Kopf nur noch diesen einen Gedanken. *Wie könnte ich dieses Karree wieder zum Laufen bringen?*

Jede andere Möglichkeit wäre eine Katastrophe. Sie stöhnte.

Wenn ich doch nur die Erbschaft ausgeschlagen hätte! Sie hörte förmlich die Stimme ihrer Mutter *Hätte, hätte, Fahrradkette!*
Pech gehabt, meine Liebe!

Sie holte tief Luft. Vorwürfe halfen ihr jetzt nicht weiter!

Also wäre es besser darüber nachzudenken, was von diesem Karree möglichst schnell nutzbar wäre. Sie nahm sich die einzelnen Gebäude genauer vor, während ihr Kopf fieberhaft arbeitete.

Das Haus, in dem die Büros waren, erhielt die meiste Aufmerksamkeit. Büros lohnten sich beim augenblicklichen Leerstand nicht. Könnte man daraus eventuell Wohnungen machen und sie vermieten und in den langen Trakten wieder Werkstätten einrichten? Natürlich nichts, was Lärm, Schmutz oder Umweltbelastungen mit sich brachte. Aber gab es nicht immer Start-up-Firmen aus dem IT-Bereich, die größere Räume suchten?

Dafür brauchte sie aber jemanden, der sie ehrlich über den baulichen Zustand der Gebäude informierte und der auch einschätzen konnte, was eine notwendige Instandsetzung kostete.

Natürlich würde das Geld von der Versicherung, wie auch ihr Sparkonto nicht allzu weit reichen, aber wenn nach einiger Zeit Mieteinnahmen dazu kämen?

Dieser Gedanke stimmte sie zuversichtlich, der nächste, dass sie dafür natürlich auch jede Menge Genehmigungen brauchte, ließ sie wieder aufstöhnen. „Der Gott der Bürokraten möge mir beistehen." Da knurrte ihr Magen vernehmlich.

Sie sah auf die Armbanduhr und erst jetzt wurde ihr klar, wie lange sie schon unterwegs war. Für all das brauche ich einen Plan und hungrig kann ich nicht denken. Wo kriege ich was zu essen?

Sie kannte sich in der Südstadt nicht besonders gut aus, aber auf dem Weg zum Grundstück hatte sie eine Bäckerei gesehen, in die sie jetzt stürmte.

Auf Süßes hatte sie eigentlich keinen Appetit, da sie zuhause ständig Pollys Produkte kostete, deshalb nahm sie nur zwei knackige Brötchen, die mit Käse überbacken waren.

Draußen sah sie sich suchend um, bis sie eine Bank entdeckte, auf der nur ein Junge saß.

Er schien etwas älter zu sein, als ihre Rina und hatte ausgesprochen hübsche Locken, dunkelbraun, wie ihre Lieblingsschokolade und Augen in der gleichen Farbe.

Zwar antwortete er freundlich, als sie fragte, ob sie sich zu ihm setzen dürfe, hielt aber Abstand. Tessie, die das sofort registrierte, packte ruhig ihr Brötchen aus und begann zu essen.

Als sie den hungrigen Blick des Jungen bemerkte, bot sie ihm, das andere Brötchen an, aber er lehnte ab. „Vielen Dank, aber ich bekomme genug zu essen."

Das klingt, als wäre er schon öfter vom Jugendamt befragt worden, aber vernachlässigt sieht er nicht aus, dachte Tessie und lächelte ihm zu.

„Du könntest mir damit eigentlich einen Gefallen tun. Ich habe zu viel gekauft und möchte es ungern weg werfen."

„Wenn es so ist." Jetzt lächelte der Junge auch, griff nach dem Brötchen und hatte es in Windeseile verschlungen.

„Ich bin Tessie, ich habe eine Enkelin, die nächste Woche acht wird. Du bist bestimmt älter?"

„Natürlich, ich bin schon ziemlich lange neun und gehe in die 3.Klasse. Geht Ihre Enkelin auch hier zur Schule?"

„Nein, ich wohne im Norden. Ich habe hier eine Fabrikanlage besichtigt und jetzt suche ich jemanden, der sehr viel vom Bauen versteht und das Ganze bewerten kann."

„Mein Paps könnte das."

Tessie drehte sich überrascht zu ihm. „Wirklich? Was macht er denn?"

Der Junge stockte. Wahrscheinlich tat es ihm leid, so angegeben zu haben, vermutete sie und war deshalb von seinen direkten Fragen doch etwas überrascht. „Sind sie vom Finanzamt, von der Steuer oder von einem Inkasso-Büro?"

„Um Himmelswillen, wie kommst du auf so etwas? Ich bin Kindergärtnerin und brauche wahrscheinlich selbst Hilfe gegen die Steuereintreiber. Aber du hast ein paar böse Erfahrungen gemacht, oder?"

Er nickte nur. „Mein Paps ist da in einen Schlamassel geraten und ich denke, er kommt alleine nicht mehr heraus. Eigentlich ist er Architekt, aber jetzt hat er keinen Job mehr und arbeitet gegenüber in der Baufirma als Aushilfe, weil jeder Euro, den er verdient sofort gepfändet wird. Dort kommt er. Sagen Sie ihm bitte nicht, dass ich alles verraten habe, aber er braucht dringend eine richtige Arbeit.

Ich bin übrigens Charlie Braun."

Tessie lächelte. „Wie der von den Peanuts?"

Da zwinkerte der Junge vergnügt. „Nicht ganz so, eher besser."

Der Mann, der gerade über die Straße auf sie zukam, schaute ziemlich misstrauisch. Er war noch jung, so um die Dreißig, hatte die gleichen Schokoladenaugen, wie sein Sohn, aber leider nicht die Locken und war ziemlich muskulös. Entweder trainierte er viel oder war wirklich schwere körperliche Arbeit gewöhnt.

„Ich bin sein Vater", rief er als er näher kam, „gab es Probleme?"

Tessie lächelte. „Aber nein, wir haben uns gerade angefreundet. Ich habe ein Problem und Ihr Sohn hat versucht, mir zu helfen." Sie reichte ihm die Hand. „Ich bin Tessie Sommer und auf der Suche nach einem Baufachmann."

Das ließ das Misstrauen etwas schwinden und er setzte sich zu ihnen. „Ich bin Architekt, Dennis Braun ist mein Name. Aber da gibt es einige Schwierigkeiten. Ich könnte Ihnen meine Uni-Abschlüsse zeigen, habe aber zurzeit keinerlei Referenzen."

Tessie lachte. „Das schreckt mich nicht ab, ich habe vermutlich viel größere Probleme. Es geht um das Bergmann-Karree".

Während sie gemeinsam auf das Grundstück zugingen, erklärte sie ihre Pläne und was genau sie von ihm erwartete. Nachdem sie durch den Bürotrakt gegangen waren und der Architekt die Taxierungs-Unterlagen überflogen hatte, hielt es Tessie nicht mehr aus.

„Was glauben Sie, ist es machbar?"

Er lächelte zurückhaltend. „Ich denke schon. Sie brauchen ein ordentliches Gutachten, das kann ich übernehmen. Aber es kommt noch mehr, Sie brauchen eine Baugenehmigung und müssen auch alle baulichen Anforderungen einhalten, die für Neubau gelten. Und das wird eine Menge kosten."

„Womit müsste ich rechnen?" Als Tessie die Zahl sah, die er auf dem Blatt notiert hatte, keuchte sie erschrocken auf. Das wurde ja immer schlimmer! Sie wollte doch mit den Wohnungen Geld verdienen und nicht verlieren.

„Sie können das Ganze auch etagenweise angehen und haben den großen Vorteil, dass schon Fahrstühle vorhanden sind."

„Und Eigenleistung?"

„Das kommt darauf an, was sie leisten können."

Das zauberte wieder ein Lächeln auf Tessies Gesicht.

„Wir können alles! Bis auf ein paar Kleinigkeiten. Also beauftrage ich Sie ganz offiziell, dieses Gutachten anzufertigen. Und jetzt würde ich Sie und Ihren Sohn gerne zum Abendessen einladen. Sie haben mir schließlich Ihre Freizeit geopfert. Haben Sie ein Lieblingslokal?"

Nach einem überwiegend heiteren Essen mit Charlie und Dennis in einem bekannten Fastfood-Lokal, kam Tessie beschwingt nach Hause. Zum ersten Mal seit langer Zeit, hatte sie wieder das Gefühl, dass es vorwärts ging.

Lächelnd öffnete sie die Tür, um fast vor ihrer Mutter zurück zu zucken, die wie ein Racheengel zürnend im Flur stand.

„Wo warst du denn solange? Du hast nicht mal angerufen und wir haben uns Sorgen gemacht!"

Für Tessie, die sich gerade wieder wie 13 fühlte, war das alles zu viel. „Das sagst gerade du? Als ob du dir jemals Sorgen um andere gemacht hättest."

Lea erstarrte fast, bei diesem Vorwurf, und verschwand wortlos im Arbeitszimmer.

Polly, die die Antwort gerade noch gehört hatte, fauchte ihre Mutter vorwurfsvoll an. „Musste das jetzt sein?"

Tessie war total überrascht, als ihr gerade klar wurde, dass sich Polly ihr gegenüber genauso patzig benahm, wie sie das bei ihrer Mutter tat. Sie wäre vor Scham am liebsten im Boden versunken. Oh, Himmel, was war sie doch für eine Super-Pädagogin!

Zum ersten Mal verstand sie die früheren Reaktionen ihrer Tochter. Sie räusperte sich. „Du hast recht. Das war nicht in Ordnung."

Polly sah sie zwar erstaunt an, verschwand dann aber wortlos im Gästezimmer.

Tessie klopfte an ihrem Arbeitszimmer an, blieb aber vorsichtig an der Tür stehen. „Entschuldige bitte, Mutter. Das war nicht fair. Wahrscheinlich habe ich mich kurz wie 13 gefühlt."

Lea lächelte versöhnt. „Das stimmt, damals warst du so. Aber ich war auch zu heftig. Seit Henrys Tod habe ich einfach Angst, noch jemanden zu verlieren. Ich bin etwas dünnhäutiger in dieser Beziehung geworden, aber das ist deine Wohnung, in der du kommen und gehen kannst, wie du willst."

„Schließen wir Frieden?" Tessie steckte ihr die Hand entgegen und setze sich zu ihr. Ihr gefiel es, wie leicht sie jetzt wieder mit ihrer Mutter reden konnte. „Ich war heute auf dem Bergmann-Besitz. Wusstest du davon?"

„Du meinst, wie reich der alte Bergmann war? Das war er früher wirklich. Und natürlich hatte dein Großvater etwas gegen unsere Verbindung, denn für ihn war ich ein Nichts aus dem Osten. Er wollte auch nie etwas von dem Kind wissen, Henning, dein Vater schon. Aber da war die Grenze zwischen uns und irgendwann hat er sich dem Alten gebeugt, weil der ihn sonst enterbt hätte. Und da ging es um Millionen."

„Jetzt waren sie fast pleite, bis auf das Gelände in der Südstadt, aus dem ich nun so schnell wie möglich etwas Sinnvolles und Effizientes machen soll. Ich habe bereits mit einem Architekten gesprochen, der mir bestätigt hat, dass man aus den Büros Wohnungen machen kann."

„Oh, das ist toll!" Lea war begeister aufgesprungen.

„Sowas habe ich im Fernsehen schon oft gesehen, die *Fixer upper* sehe ich am liebsten. Ich könnte die Wohnungen einrichten oder designen, wie man heute sagt, aber ich kann auch handwerkliche Sachen. Da ist übrigens Post gekommen, von deinem Vermieter."

„Wahrscheinlich die Betriebskosten-Abrechnung", murmelte
Tessie und riss den Umschlag schon im Flur auf, um dann total
überrascht auf das Schreiben zu starren.

„Hört das denn nie auf?"

Sie stöhnte und hätte am liebsten ihren Kopf gegen die Tür geschlagen, wenn das irgendetwas geändert hätte.

Sie war ihr Leben lang immer eine Optimistin gewesen und hatte
bei allem noch etwas Positives gesehen, aber jetzt verschwand sogar der letzte Silberstreifen vom Horizont.

Kündigung stand fett gedruckt über dem Schreiben, wegen Eigen-
bedarfs und auch wenn sich Tessie am liebsten mit irgendwem um
die Wohnung geschlagen hätte, der Sohn des Hausbesitzers saß
nach einem Unfall querschnittsgelähmt im Rollstuhl. Das musste
sie einfach akzeptieren.

Also müssen wir etwas Neues finden! Ihr fiel auf, dass sie jetzt
Mutter und Tochter und natürlich die Enkelin zum zweiten Mal in
ihre Entscheidungen einbezog, aber wollten das die anderen überhaupt?

Als sie einige Stunden später schlafen ging, wusste sie, dass ein
Riesenberg von Aufgaben vor ihnen lag, aber auch, dass sie auf
einem guten Weg waren, wieder eine richtige Familie zu werden.
Und Lea hatte den genialen Einfall gehabt, aus einem Teil der
Großraum-Büros, komfortable Loft-Wohnungen zu gestalten
und dort auch möglichst als erste einzuziehen.

Sechs Wochen später hätte Tessie nicht mehr sagen können, wie sie das alles hingekriegt hatten, denn die Ereignisse überschlugen sich. Dennis Brauns Gutachten und Baupläne hatten vieles möglich gemacht, aber das meiste war Leas Einfluss zu danken, die offensichtlich jeden kannte, der in der Südstadt etwas zu sagen hatte. Nur mit ihrer Hilfe war es möglich bei dem neuen Baustadtrat, eine schnelle, vorläufige Baugenehmigung für die Umwandlung der Büroräume zu bekommen.

Offensichtlich hatte er dabei auch eigene Interessen, denn er stellte ihnen ein Baubüro zur Seite, das Richtlinien entwickeln sollte, um noch mehr zusätzlichen Wohnraum aus leerstehenden Büros zu schaffen. Für Dennis, den Tessie als Bauleiter beauftragt hatte, war das eine große Erleichterung, weil damit die Vorbereitungsphase und die Bauzeit erheblich verkürzt werden konnten. Dennoch war eine Menge zu tun und noch mehr zu bezahlen.

Um die Bauarbeiten wenigstens im Anschub finanzieren zu können, hatten Tessie, Polly und Lea ihr gesamtes Geld zusammen gelegt. Lea trennte sich noch von einigen Schmuckstücken, Polly backte so viele Torten, wie sie zusätzlich verkaufen konnte und Tessie veräußerte die Wertgegenstände ihres Vaters und alles, was sie in den Werkstätten noch fand.

Erstaunlicherweise brachten die fast mittelalterlichen Maschinen aus den Manufakturen für die Hutproduktion und die Kunstblumen mehr ein, als sie erwartet hatte. Lampen, Kleinmöbel und diverse

Stoffballen, die sie auch fand, lagerte sie im Bürohaus.

Das konnte sie bestimmt noch gebrauchen.

Das sonderbare Gefühl vom ersten Tag, beobachtet zu werden, war bei aller Aktivität nicht verschwunden und jedes Mal, wenn Tessie Räume durchsuchte, hatte sie den Eindruck, dass das vorher auch schon jemand getan hatte. Obwohl die Räume schon länger leerstehen mussten, waren sie kaum eingestaubt, so als ob jemand nachts durch die Räume gehen würde. Ihr lief oft ein unangenehmer Schauer über den Rücken, dennoch machte sie weiter, weil sie das Geld brauchten.

Nachdem auch noch Rina ihr Sparschwein leerte und davon auch nicht abzubringen war, kam eine überraschend hohe Summe zusammen, die trotzdem nicht sonderlich weit reichen würde.

„Ich weiß nicht genau, was wir damit alles bezahlen können", schätzte Tessie, „aber wenn wir viel selbst übernehmen, reicht es garantiert länger."

Ihre Idee von den Eigenleistungen wurde begeistert aufgenommen.

„Wir haben doch früher immer selbst renoviert" rief Polly.

„In unserer alten Wohnung, die viel schöner war, hatte Mami die Küche grün und gelb gestrichen. Das war cool", erzählte Rina.

„Und Oma Lea kann sogar Fliesen legen, wusstest du das?"

Polly sah ihre Mutter fragend an, die nur nickte.

„Ich denke, wir kriegen eine Menge zusammen. Als wir vor zwei Jahren die Gruppenzimmer neu machten, habe ich gelernt Laminat zu verlegen, Fertig-Parkett schaffe ich auch. Also zeigen wir der Welt, wozu wir Amazonen fähig sind!"

Um Zeit und auch Miete zu sparen, lagerte Tessie ihre Möbel in einer der Werkstätten ein und sie zogen sofort mit allem, was ihnen wichtig war, in die untere Etage des Verwaltungsgebäudes, die später wieder als Büro dienen sollte.

Dort feierten sie auch Rinas Geburtstag, die von diesem Abenteuer höchst begeistert war.

Die vorhandene Teeküche stockte Lea mit zwei Elektroherden auf und kochte für alle, während Polly nicht nur täglich süße Leckereien beisteuerte, sondern noch nebenbei für Kunden arbeitete, die ihre Backkünste sehr zu schätzen wussten.

Tessie, die jetzt froh war, ihre Büromöbel aus dem Kindergarten vor der Knüppelkuh gerettet zu haben, koordinierte die Arbeiten, arbeitete selbst mit und fegte oft wie ein Wirbelwind durch das Haus. Aber nachts plagten sie düstere Vorahnungen, die sie sich nicht erklären konnte.

Auch Dennis tat viel, um die Kosten niedrig zu halten und dennoch gute Qualität zu garantieren, denn er besetzte die wichtigsten Gewerke mit Rentnern, die fachlich firm und immer noch begeistert bei der Sache waren. Mittlerweile war es Mitte Mai und die Temperaturen stiegen langsam an.

Tessie, die mit Polly, Rina und Lea auf einem Matratzenlager in einem ehemaligen Großraumbüro übernachtete, dankte jeden Morgen und Abend dem Universum dafür, dass die Bergmanns doch über eine soziale Ader verfügt und Duschen eingebaut hatten.

So konnten sie sich am Abend von Staub und Schweiß befreien, die aber am nächsten Morgen wieder auf sie warteten.

Denn die Frauen legten sich bei den Eigenleistungen ziemlich ins Zeug. Schließlich konnten Amazonen, nach ihrer Tradition alles und machten alles selbst.

Nur die Elektrik überließen sie den Fachleuten, denn die schien sehr anfällig oder auch manipuliert zu sein. Einmal hatte Polly in einem wilden Funkenregen gestanden und war nur von Dennis gerettet worden.

Trotzdem hatten die Frauen Spaß bei der Arbeit und sangen. Den ganzen Tag schallte Rock- und Countrymusik oder manchmal sogar dreistimmiger Schlager-Gesang durch das Haus.

Jeden Abend saßen sie dann in dem früheren Aufenthaltsraum neben der Küche und erfreuten sie sich an allem, was sie geschafft hatten. Es war ein tolles Gefühl, gemeinsam als Familie etwas voranzubringen. Das spürten auch andere.

Dennis bestaunte diese Frauen, die so gut gelaunt jeden Tag an ihre Arbeit gingen, nicht stöhnten und nicht jammerten und für die ein abgebrochener Fingernagel nicht der Weltuntergang war.

So eine patente Frau, die mit ihm gemeinsam gearbeitet hätte und nicht gegen ihn, hätte er damals gebraucht. Aber er war Pia begegnet.

Er verglich sie unwillkürlich mit Polly, die ihm besonders gut gefiel. Tessies Tochter mit den großen grünen Augen und dem roten Pferdeschwanz, ging so liebevoll mit ihrer Tochter um, dass es ihm für Charlie leid tat, der das von seiner Mutter nie erlebt hatte. Vielleicht hing sein Sohn auch deshalb so an ihr und den anderen Frauen.

Auch Dennis hätte nichts dagegen gehabt, Polly etwas näher zu kommen, nur solange er sein verpfuschtes Leben nicht in Ordnung gebracht hatte, würde er sich zurückhalten.

Aber jedesmal, wenn sich ihre Augen etwas länger trafen und sie ihn auf ihre ganz besondere Art anlächelte, fiel ihm das noch etwas schwerer. Sie war wirklich ein besonderer Mensch, doch für ihn leider tabu. Doch davon Träumen war ja wohl erlaubt.

Und für das, was die Frauen leisteten, hätte er sie am liebsten jeden Tag gelobt. Singend und immer mit guter Laune traten die Frauen in ihren Latzhosen jeden Morgen an, tapezierten Wände, lackierten Türen und Möbel, malerten Decken und Treppenhäuser, verlegten Laminat, montierten Lampen und machten die Lofts und Wohnungen mehr und mehr wohnlich. .

An den Wochenenden kamen Heidi, Nicki und Henny aus Tessies ehemaligem Kindergarten und halfen beim Streichen der langen Flure. Um die endlosen Gänge interessanter zu machen, malten sie um die Fahrstuhltüren Symbole, die auch für die Gebäude übernommen wurden. Aus dem Bürohaus entstand so das Beerenhaus, der rechte Trakt wurde zum Baumhaus und der linke zum Blumen-haus.

Die Fortschritte waren immens, aber die Störaktionen, die anfangs nur Tessie bemerkt hatte, nahmen auch zu.

Nachts ertönten plötzlich laute Geräusche, deren Herkunft nicht ermittelt werden konnte, manchmal fehlte Material, das sie am Abend bereit gestellt hatten. An einem anderen Tag hatte jemand die Wasserleitung im Erdgeschoss des Baumhauses aufgedreht und den gesamten Raum verwüstet. Und eines Nachts wurde Tessie von einer ängstlichen Rina geweckt. „Omi, es brennt!"

Tessie sprang sofort alarmiert aus dem Bett. „Wo?"

„Es brennt im Keller. Riechst du es denn nicht?"

Tessie öffnete die Tür zum Flur. Jetzt sah sie auch die dünne Rauchsäule. „Schnell, wecke die anderen auf, ich hole den Feuerlö-scher."

Nach 10 Minuten war der Spuk vorbei, aber Tessie sah die aufge-häuften Lumpen und roch das Benzin.

Das war eindeutig Brandstiftung! Ein unangenehmer Gedanke meldete sich. Sollte Stürmer, der ihren Kindergarten abgefackelt hatte, schon wieder frei sein?

Nachdem sie am nächsten Morgen mit seiner Exfrau telefoniert hatte, beriet sie sich mit den anderen.

„Ich weiß genau, dass der Mann, der meinen Kindergarten in Brand gesteckt hat, noch sitzt. Das beruhigt mich. Aber woher kommen die ganzen Störmanöver? Es geht ja nicht nur um diesen Brand, die E-Leitungen wurden manipuliert, Werkzeug und Material verschwinden und ich hatte von Anfang an das Gefühl beobachtet zu werden. Wir müssen herausfinden, warum das alles passiert, aber wie? Als es um die Brandstiftung in meinem Kindergarten ging, hatte ich Katja bei mir und wir sind vorgegangen, wie bei Miss Marple."

„Und wer hat euch Miss Marple früher vorgelesen?" Lea sah sie tadelnd an. „Ich habe erst kürzlich eine Erpressung aufgeklärt und bin genauso gut in der Lage, so etwas zu durchschauen. Deshalb schließe ich mal aus, dass jemand gerne zündelt, denn dann hätte es schon früher Brände gegeben", setzte sie fort. „Ich vermute eher, dass jemand im Keller nach einer versteckten Beute sucht. Beim Zahnarzt habe ich gehört, dass schon öfter auf diesem Gelände gesucht wurde. Es soll irgendwo ein riesiger Goldschatz sein. Natürlich sind das nur Gerüchte, aber bei Miss Marple heißt es, dass die meist einen wahren Hintergrund haben."

„Und er sucht jetzt, weil er einer von der Bande ist und vorher noch im Knast saß oder weil er ein Glücksritter ist und den Schatz finden will", setzte Polly fort. „Ich habe Miss Marple auch gelesen und schlussfolgere, dass er uns loswerden will, um ungestört suchen zu können."

„Das glaube ich auch." Tessie nickte zustimmend. „Oder er betrachtet uns als Konkurrenten. Egal! Aber falls er uns vertreiben will, das schafft er nicht! Heute stellen wir Wachen auf, morgen ist Sonntag, da können wir etwas länger schlafen. Und wenn wir ihn geschnappt haben, werden wir hoffentlich mehr wissen."

Rina hatte dieses Gespräch belauscht und machte sich große Sorgen. Sie wusste auch, dass jemand nachts durch die Räume schlich, sie sah öfter so komische Bilder, wie aus einem Film.
Da hatte sie auch den Mann entdeckt, der ein Feuer gemacht hatte. Manchmal sah sie Sachen, die später wirklich passierten und das machte ihr Angst, weil sie nicht wusste, weshalb nur sie diese Bilder sah. Sie hoffte zwar, dass es etwas mit den Amazonen zu tun hatte, war sich aber nicht sicher. Und sie wusste auch nicht, ob sie darüber mit den Erwachsenen reden sollte, denn die hatten offensichtlich eigene Probleme, die sie nicht vergrößern wollte. Worum es genau ging, wusste sie nicht, aber es musste etwas Schlimmes sein. Das spürte sie schon seit längerem und der einzige mit dem sie darüber reden konnte, war Charlie. Denn der hatte einen Hund und jeder der Hunde gut kennt, weiß, dass sie viel mehr wahrnehmen, als ein Mensch. Das hatte Rina gelesen, also würde Charlie auch ihr eher glauben, als die anderen.
Sie fand ihn in Oma Tessies Büro, in dem er einen eigenen Arbeitsplatz für seinen neuen Laptop erhalten hatte, den er heiß und innig liebte. Sie näherte sich ihm und tippte ihm auf die Schulter, da er sie nicht hörte und wie gebannt auf den Monitor starrte.

Er zuckte kurz zusammen und Rina musste ein wenig grinsen, dann tastete sie sich zunächst vorsichtig heran. „Wieso heißt du eigentlich Charlie? War dein Vater ein Fan von den Peanuts?"

Charlie nickte gewichtig. „Ich glaube er hat alle Folgen gesehen, damals als er ein Kind war."

„Und findest du die Peanuts auch gut?"

„Na ja, es geht so. Dieser Charly hat nur ein einziges Haar. Das ist doch doof."

„Stimmt", kicherte Rina. „Du hast viel schönere Locken. Aber ich muss dich noch etwas fragen. Du schläfst doch im Bauwagen, hörst du manchmal nachts Geräusche? Ich glaube, dass jemand durch die Häuser schleicht."

Charlie schüttelte den Kopf. „Ich schlafe so fest, sagt mein Paps, da könnte neben mir ein Elefant trompeten, ich höre nix. Snoopie bewacht mich doch und der kann ein richtiger Kampfkäfer sein."

„Aber es ist jemand im Keller gewesen, um etwas zu suchen. Das weiß ich genau. Ich kann dir nicht erklären, wieso ich das weiß. Das ist unser Amazonen-Erbe, glaube ich."

Charlies Augen wurden vor Erstaunen ganz groß.

„Ihr habt was von Amazon geerbt? Das ist cool, wir kaufen dort nur ein, jedenfalls früher."

Rina verzog ärgerlich das Gesicht. „Nicht Amazon, sondern Amazonen."

Als sie sah, dass er nur ratlos mit den Schultern zuckte, begann sie

zu erklären. „Die Amazonen waren ein Reitervolk, das vor ungefähr 3000 Jahren im östlichen Europa bis hin nach Asien lebte. Und
dort herrschten nur die Frauen, denn sie konnten alles selbst. Grannie Lea sagt, dass wir alle Nachkommen von diesen klugen, mutigen Herrscherinnen sind."

Während sie noch tief Luft holte, fragte Charlie zweifelnd nach.
„Ich habe noch nie von einer Königin gehört, die Polly heißt."

„Manchmal bist du wirklich ein Holzkopf, Charlie Braun!" Rina
antwortete ärgerlich, grinste dann aber doch wieder. „Natürlich gibt
es keine Königin Polly, denn wir stammen nur von diesen früheren
Herrscherinnen ab und tragen ihre Namen. Meine Mami heißt eigentlich Hippolyta, abgekürzt Polly. Oma Tessies Name ist eigentlich Martesia und Grannie Lea heißt in ihrem Ausweis Penthesi-
leia."

Nachdem er aufgeregt auf seine Tastatur gehämmert hatte, rief
Charlie ganz begeistert. „Das ist echt cool! Hier steht ihr alle, dein
Name kommt von Myrina. Und mit einer Amazonen-Herrscherin
hat sich sogar Alexander, der Große, getroffen. Das ist Mega!"

„Findest du alles im Internet?"

Nach dieser Frage grinste Charlie fast ein wenig überheblich. „Natürlich, im Internet findet man alles! Was willst du denn wissen?"

„Gab es vor ungefähr 30 Jahren einen Überfall hier in der Südstadt
mit einer großen Beute? Ich glaube nämlich nicht, dass jemand im
Keller nach seinem verlorenen Hammer sucht."

Charlie war begeistert. „Logo! Das kann ich machen. Und du meinst, wir könnten das aufklären, wie richtige Detektive?"
Endlich fühlte sich Rina auch mal überlegen. „Einfach wird das natürlich nicht. Aber ich habe selbst schon ganz viele Krimis gelesen und von Miss Marple hat mir meine Mami vorgelesen. Aber da kommen keine Kinder vor. Deswegen gefällt mir Flavia besser, sie sagt, die Arbeit einer Detektivin gleicht dem Nähen einer Patchwork-Decke. Da gibt es viele Quadrate und unterschiedliche Muster, die man hin und her schieben muss, bis man erkennt, wie es richtig zusammenpasst."
Charlie schüttelte den Kopf. „Ich verstehe nur Bahnhof, wer ist denn Flavia?"
Rina lächelte stolz. „Flavia de Luce ist meine Lieblingsdetektivin. Sie ist erst 11 und hat sogar schon Morde aufgeklärt. Sie gibt auch gute Tipps, wie man anfangen soll. *Immer zuerst das Gelände auskundschaften.* Deshalb sollten wir uns die Keller mal ansehen. Ich war noch nie dort unten. Und du?"
Charlie, der noch immer dabei war, das Internet nach einer Detektivin namens Flavia zu durchforsten, lehnte ab. „Lass uns das lieber verschieben, wir finden mehr heraus, wenn Snoopie dabei ist, aber heute ist er beim Tierarzt. Und ohne ihn gehe ich nicht in eine unbekannte Gegend. Weißt du weshalb er Snoopie heißt?"
Rina schüttelte wortlos den Kopf.
„Das heißt Schnüffler und er ist wirklich ein guter. Wenn es im

Keller einen Schatz oder eine Beute gibt, dann findet er sie. Und ich suche jetzt nach dem Bankraub."

Rina nickte. „Aber du musst dich beeilen. Oma Tessie will den, der durch die Keller schleicht, fangen. Ich schätze, das könnte heute klappen."

Am Abend berieten sich die drei Frauen darüber, wo der Eindringling am ehesten suchen würde.

„Mittlerweile kenne ich alle Keller", stöhnte Tessie. „Die sind mehr oder weniger leer. Wenn jemand etwas versteckt hat, müsste es eingemauert sein und das geht nur im Beerenhaus. Ich beginne mit der Wache, wer löst mich ab?"

Lea hob sofort die Hand. „Bei der Hitze kann ich sowieso nicht schlafen."

Am Abend war sie dennoch eingedöst und hätte fast die Uhrzeit verpasst. Als sie eiligst im Dunkeln die Treppen zum Keller hinunter rannte, stieß sie dabei gegen eine menschliche Gestalt, die offensichtlich nicht Tessie war. Blitzschnell schaltete Lea ihre Taschenlampe ein und starrte erschrocken in ein unbekanntes Männergesicht. Der junge Mann wandte sich sofort ab und floh in den Keller.

„Ich habe ihn", schrie Lea aufgeregt und jagte ihm hinterher.

Als sie schweratmend ankam, hatte Tessie den Eindringling gerade zu Fall gebracht und war dabei, die Polizei zu alarmieren.

Nachdem der Mann festgenommen war, würden die Störaktionen

aufhören. Davon war Tessie überzeugt. Das berichtete sie auch der Familie am nächsten Morgen.

Rina war sich da nicht so sicher, denn ihre Bilder sagten etwas anderes. Solange die Beute nicht gefunden war, würde immer jemand danach suchen.

Also ging sie nach dem Frühstück wieder zu Charlie. „Du hast vermutlich noch nichts gefunden, oder?"

Charlie grinste, während er seinen Hund streichelte. „Es war nicht einfach, aber ein Charlie Braun gibt nicht auf! Schau dir das an: Vor 28 Jahren haben Räuber einen Tunnel gegraben, der bis in eine Bank führte. Dort haben sie die Schließfächer ausgeraubt. Danach wurden alle gefasst und verurteilt, aber die Beute war verschwunden. Wer sie entdeckt, kriegt sogar eine Belohnung."

Rina zog voller Konzentration die Augenbrauen zusammen.

Wie würde Flavia jetzt vorgehen?

„Weißt du auch, was alles gestohlen wurde, ich meine, ob es große Dinge waren oder kleine, die man leicht verstecken kann?"

Charlie hob anerkennend den Daumen. „Kleine Sachen, Schmuck, Münzen, Bargeld und irgendwelche Papiere. Ich denke, jetzt könnten wir die Keller erkunden. Mit welchem Keller fangen wir an?"

„Im Beerenhaus, da wollte der Einbrecher suchen."

Charlie lächelte. „Rina, du bist ein Ass! Komm Snoopie, wir müssen eine Beute finden."

Aber so einfach war die Sache nicht. Enttäuscht sahen sich Rina und Charlie an. An diesem Keller war überhaupt nichts Besonderes, nichts Geheimnisvolles. Er war nicht einmal gruselig, sondern einfach nur ein stinknormaler Keller mit Holzverschlägen, die alle leergeräumt waren. Wo sollte man hier etwas verstecken?

Gerade als sie gehen wollten, winselte Snoopie und kratzte energisch an der Tür zu einem Verschlag. Obwohl der dahinter liegende Raum absolut leer war, ließ er sich auch nicht von der Tür weg ziehen. „Hier muss etwas sein, Snoopie irrt sich nie."

Beide starrten durch die Latten, denn dieser Verschlag war als einziger abgeschlossen.

„Ich habe eine Idee." Rina, die sehr gelenkig war, lief in den Nebenverschlag, schlüpfte durch eine Lücke zwischen den Latten und untersuchte die gemauerte Rückwand. „Hast du irgendein Werkzeug?"

Charlie trat dicht an die Latten heran und reichte ihr alles, was in seinen Hosentaschen war, ein Taschenmesser, ein Schraubenzieher, eine Raspel und eine stabile Feile. Rina schüttelte nur den Kopf und begann mit dem Schraubenzieher zwischen den Steinen zu stochern und losen Mörtel zu entfernen.

Plötzlich lösten sich zwei große Steine und fielen nach unten. Rina sprang schnell zur Seite und versuchte dann in die Öffnung zu schauen. Dafür war sie leider zu klein, aber mit der Hand konnte sie in dem Loch etwas Kantiges ertasten, das aber zu schwer war.

„Charlie, du musst Hilfe holen. Das kriege ich nicht alleine heraus."

Aber der weigerte sich. „Ich kann dich doch nicht alleine lassen. Was ist, wenn ein anderer von der Bande zurückkommt? Vielleicht kann ich das Schloss knacken?"

Das war aber gar nicht nötig, denn nach einigen kräftigen Bewegungen mit der Feile, fiel der Riegel zu Boden und Rina und Charlie konnten endlich gemeinsam den schweren Gegenstand aus dem Versteck ziehen. Stolz betrachteten sie die Kassette, die vor ihnen auf dem Boden lag und von Snoopie immer noch wütend angeknurrt wurde. Sie hatte kein Schloss, sondern wurde von einem kräftigen Plastikband zusammengehalten, das aber Charlies Taschenmesser nicht gewachsen war. Der Deckel sprang auf und beide betrachteten aufgeregt ihren Schatz, goldene Münzen, Ringe, Ketten und irgendwelche Papiere.

Stolz trugen sie die Kassette in Tessies Büro, die die anderen dazu rief und nach den ersten Erklärungen sofort die Polizei benachrichtigte. Dann hörten sich alle noch einmal die Geschichte der beiden an, die große Mühe hatten, vor Stolz nicht zu platzen.

„Ich finde es echt toll, wie gut ihr dieses Rätsel gelöst habt", lobte Tessie die Kids. „Aber ich wäre auch gerne dabei gewesen. Also sagt mir beim nächsten Mal vorher Bescheid."

Als die Polizei kam, freute sich Tessie, dass es der nette ältere Polizist war, der auch die Brandstiftung im März untersucht hatte.

„Das ist schön, Sie zu sehen, aber Sie waren doch vorher woanders tätig?"

Er zwinkerte ihr wieder freundlich zu. „Eigentlich bin ich schon Rentner und schreibe lieber selbst Krimis. Aber ich hatte mich bereit erklärt, noch einige Zeit als Mentor für Jüngere da zu sein. Und Sie haben den Schatz gefunden, nach dem dieser junge Spinner, der gestern Abend gefasst wurde, schon seit Wochen sucht? Von der Bande selbst, hat nämlich keiner überlebt."

Tessie lachte. „Unsere Kids haben die Beute entdeckt, nach der vermutlich schon viele gesucht haben. Wir hoffen, dass jetzt Ruhe einkehrt und wir unsere Wohnungen und Lofts endlich fertigstellen können."

Der Polizist sah sie überrascht an. „Das ist eine tolle Idee, an einem Loft hätte ich auch Interesse. Vielleicht bleiben wir in Kontakt. Ich stelle nächste Woche in *Majas Leseecke* mein erstes Buch vor. Kommen Sie doch einfach mal vorbei."

Nachdem am Ende der Woche die ersten drei Lofts bezugsfertig waren, hatten Tessie und Lea wieder ein eigenes Reich, in das sie sich abends zurückziehen konnten, während Polly lieber noch auf die Kombination von zwei Zimmern mit Wohnküche wartete. Dennoch sah sie sich gemeinsam mit ihrer Mutter an, was Lea aus dem Großraum-Büro gezaubert hatte. Auch Tessie war fast geblendet von dem grüngoldenen Schimmer, in dem Leas Raum mit dem offenen Wohnkonzept erstrahlte und hätte die Möbel aus ihrem häuslichen Arbeitszimmer fast nicht wieder erkannt. Bei ihr hatten sie nie so toll ausgesehen.

„Mutter, du solltest dir mein Loft auch mal vornehmen und vielleicht auch die anderen Räume. Du hast wirklich ein besonderes Talent!"

Lea lächelte und sonnte sich ein wenig im Lob ihrer Tochter, übernahm aber gerne, die weiteren Design-Aufgaben.

Nicht nur deswegen saßen die Frauen fast jeden Abend immer noch in dem Raum neben der großen Küche, um sich auszutauschen und neue Ideen zu entwickeln.

Auch Dennis und Charlie, die in einem Bauwagen auf dem Grundstück schliefen, kamen oft dazu und gehörten schon fast zur Familie. Die Arbeiten an den restlichen Lofts und den 12 Wohnungen waren überschaubar und es kehrte etwas Ruhe ein.

Inzwischen hatte Tessie die beiden IT-Firmen aufgespürt, die vorher in der oberen Etage des rechten Traktes gearbeitet hatten.

Und die beiden Geschäftsführer waren hellerfreut in die gewohnten, aber frisch renovierten Räume zurückkehren zu können.

Mit deren Einzug kamen Mieteinnahmen und auch die ersten Nachweise für das Finanzamt, dass sie den Betrieb weiterführte. Glücklicherweise hatte sich die Sache mit der Erbschaftssteuer damit auch vorläufig erledigt.

Freudestrahlend war Tessie mit ihren weiteren Plänen in das Büro des Familienanwaltes gestürmt, war aber an einen anderen verwiesen worden, mit dem sie überhaupt nicht klarkam, wie sie ihrer Freundin Katja am Telefon erzählte. „Der Mann scheint sich für ein Geschenk des Himmels an die Frauen zu halten. Er heißt Dr. Winter und als er meinen Namen hörte, grinste er sofort:

Da passen wir ja prima zusammen.

Von wegen, habe ich ihm geantwortet. Wir sind immer noch Gegensätze! Da grinste er noch mehr: *Und die ziehen sich doch an, oder?* Unmöglich, dieser Mann!"

Katja kicherte ein wenig. „Echauffierst du dich nicht ein wenig zu sehr? Der Mann scheint doch ziemlich Eindruck auf dich gemacht zu haben."

Tessie wurde nachdenklich. Katja gegenüber hätte sie das natürlich nie zugegeben, aber ihre Gedanken wanderten doch öfter zu Dr. Winter, mit dem wissenden Lächeln und den mitternachtsblauen Augen, als ihr lieb war.

Am nächsten Nachmittag, nach einer weiteren ruhigen Nacht, als alle drei unterwegs zur Lesung in *Majas Leseecke* waren, wurde Tessie wieder einmal bewusst, wie wenig sie früher als Familie unternommen hatten und wie angenehm das heute war.

An der kleinen Buchhandlung leuchtete schon ein Plakat

Fabian Köster liest aus: Eine Optimistin setzt sich durch!

Alle drei mussten kichern.

„Ich glaube, das hat er ganz speziell für uns geschrieben", lachte

Lea. „Den Mann muss man sich merken."

Nach einer sehr vergnüglichen Lesung, sprach Tessie noch kurz mit
Fabian Köster und bot ihm das der fertige Loft an.

Auf dem Heimweg grinste Polly schelmisch. „Es geschehen noch
Zeichen und Wunder! Du vermietest an einen Mann?"

Tessie lächelte nur und reagierte gelassen.

„Wir haben 5 Lofts und 12 Wohnungen, in denen Frauen wohnen
werden. Und außerdem ist Fabian Köster kein Rockmusiker! Also
hätte es durchaus auch schlimmer kommen können."

Das Gestohlene ICH

Die Kunst dabei ist, einmal mehr aufzustehen, als man umgeworfen
wird. - Winston Churchill

„Das ist wirklich toll, Mami!"

Rina Sommer tanzte so begeistert durch ihr neues Zimmer, welches
ganz in maigrün und sonnengelb gestaltet war, dass ihre lockigen
Zöpfchen kühn durch die Luft wippten.

„Das ist wirklich obermegacool und das schönste Zimmer aller
Zeiten", rief sie und warf sich mit Schwung auf das neue Bett, um
sich dort noch einmal zu drehen und alles zu bestaunen. Am besten
gefiel ihr die große Blumenwiese, die Polly und Oma Tessie an die
gegenüber liegende Wand gemalt hatten.

Nach einigen Wochen, die sie gemeinsam im Matratzenlager des
Erdgeschosses verbracht hatten, freute sich Polly sehr mit ihrer
Tochter. Natürlich hätte sie schon früher mit ihr in eines der Lofts
ziehen können, aber ihr gefiel die Kombination von zwei Zimmern
mit einer großen Wohnküche besser, denn so hatte jede ihr eigenes
Reich.

Das war wirklich eine geniale Idee von Oma Lea und dem Architekt Dennis, die kleineren Büroräume so umzugestalten.

Jetzt bekamen beide ein schönes Schlafzimmer und dazwischen die
größte Küche, die Polly je besessen hatte.

Auf der anderen Seite gab es die Sanitärräume und sogar eine kleine Waschküche, die jeder der Kinder hatte, schätzen würde.

Aber das Beste war einfach die Küche. Schon wenn Polly nur die
Tür öffnete, hoben sich ihre Mundwinkel und sie betrachtete die
Küchenschränke immer wieder mit einem besonderen Hochgefühl.
Obwohl sie sehr sparsam sein musste, war alles bereits wohnlich
eingerichtet.

Der Esstisch und die Stühle kamen von den Resten aus der Klein-
möbel-Manufaktur und anderen Werkstätten und waren leuchtend
gelb lackiert. Regale, Ablagen und ein dunkelgrünes Sofa hatte sie
auf dem Trödelmarkt erstanden, aber die weiße Küchenzeile war
nagelneu. Und etwas, das Polly den ganzen Tag hätte bestaunen
können.

Eigentlich hatte sie schon all ihre Ersparnisse in die gemeinsame
Kasse gelegt, um aus dem Bürohaus Wohnungen zu machen und
den Betrieb weiter führen zu können, aber dann kam eine erstaunliche hohe Summe vom Verlag für ihr Back-Buch.

Ihre Mutter und Oma Lea, hatten ihr sofort zugeredet, davon die
neue Küche zu kaufen und auch noch etwas dazu gelegt.

Jetzt konnte sie neben dem, was sie in der großen Küche im Erdgeschoss für alle backte, auch abends noch ein wenig experimentieren.

Obwohl dafür zurzeit nur wenig Zeit blieb, denn gerade, weil Polly
ihre Familie lange Zeit nicht sehen wollte, hatte sie jetzt das Ge-

fühl, vieles nachholen zu wollen. Erst jetzt ging ihr auf, dass Familie nicht ständige Reglementierung bedeuten musste, sondern auch wohltuendes Füreinander da sein. Oder auch einfach Unterstützung zu bekommen, ohne lange zu bitten.

Deshalb tat es ihr so gut, abends mit den anderen zusammen zu sitzen und Mutter und Großmutter neu kennen zu lernen. Sie wusste, dass noch nicht alles geklärt war, dass unter der guten Stimmung noch einiges schwelte, aber das sah sie gelassen.

Auch für Rina war die Familie genauso wichtig, wie auch andere Menschen, die sie ganz offensichtlich mochten. Charlie und sein Vater hatten sicher schon einiges von dem Schaden korrigiert, den Rinas Vater Dirk angerichtet hatte.

Überhaupt wanderten Pollys Gedanken sehr oft zu dem jungen Architekten, der sich für seinen Sohn wirklich aufopferte, sich für keine Arbeit zu schade war und auch noch verboten gut aussah.

Ein Mann mit Augen wie geschmolzene Schokolade und zudem noch ein ehrlicher Typ. Eine solche Kombination war die große Ausnahme überhaupt, ein besonderer Glücksfall!

Sie spürte, dass seine Blicke ebenso oft auf sie gerichtet und deutlich mehr als interessiert waren, aber jedesmal, wenn sie dieses aufregende Gefühl, das Flattern im Magen verspürte, wenn ihr Mund trocken wurde und sie auf mehr wartete, geschah nichts.

Tessie hatte nur gesagt, er habe eine sehr unglückliche Vorgeschichte, aber jetzt war er doch wieder erfolgreich! Oder steckte doch eine andere Frau dahinter?

Das wäre natürlich schade! Sollte sie doch etwas genauer nachfor-
schen? Lieber nicht, entschied sie. Da sie, was Beziehungen betraf,
ein gebranntes Kind war, wäre es besser abzuwarten. Auf noch so
einen Reinfall wie Dirk, konnte sie gerne verzichten.

Wer brauchte schon Männer? Amazonen ganz bestimmt nicht!
Obwohl Dennis wirklich faszinierende Schokoladenaugen hatte
und was noch mehr in Gewicht fiel, kein Rockmusiker war…

Sie seufzte. Warum musste das mit den Beziehungen immer so
kompliziert sein? Besser, sie konzentrierte sich wieder auf ihre
Schoko-Cup-Cakes, die gerade mit Chili eine interessante Ge-
schmacksnote bekamen.

Während Polly von seinen Augen träumte, versuchte Dennis sich
von seinen sehnsüchtigen Wünschen abzulenken. Einerseits hatte er
große Freude an seiner Arbeit, er genoss die Zeit mit den Frauen,
die so ganz anders waren, als die, die er kannte.

Und er wünschte sich sehr, dass es endlos so weitergehen könnte,
erwartete aber, dass es schon bald wieder vorbei sein würde, wie
alles Gute in seinem Leben.

Wenn er mit der Wahrheit herausrückte und das war zurzeit un-
vermeidlich, könnte er den Frauen dann noch in die Augen sehen?
Würden sie sich abwenden und vor allem würde Charlie, sein Sohn,
dann auch alles erfahren?

Das wollte er unbedingt vermeiden, aber er musste mit Tessie und

Lea reden, denn sie hatten ihm angeboten, in eine der Zweizimmer-Kombinationen mit Wohnküche zu ziehen.

Das wäre etwas, das sich Charlie so sehr wünschte, aber dann müsste er sich offiziell anmelden und das ganze Drama würde wieder von vorne beginnen.

Dennis stöhnte frustriert auf und stützte den Kopf in beide Hände. Irgendwo musste es doch eine Lösung geben!

Charlie hatte es verdient, so zu leben, wie andere Kinder auch und für sich hätte er auch gerne wieder etwas Zukunft, an Glück wagte er noch gar nicht zu denken.

Er sah sich um. Charlie war wirklich ein guter Junge, der sogar den Bauwagen regelmäßig aufräumte und sich von Polly auch das Putzen abgesehen hatte. Die Freude, die er an seinem neuen Laptop hatte, würde um ein vielfaches größer sein, wenn es um ein eigenes Zimmer ging, so wie Rina eins hatte.

All das wünschte er sich sehr für seinen Sohn, der sich so wohl bei den Frauen fühlte und richtig aufgeblüht war, seit er einen eigenen Arbeitsplatz in Tessies Büro hatte. Also würde er es wagen! Wenn es nicht klappte, hatte er es wenigstens probiert. Heute Abend werde ich ihnen alles erzählen, entschied er, aber Charlie durfte das nicht hören. Als er Tessie informierte, nickte sie nur gelassen. „Du wirst dich danach besser fühlen."

Nach dem Abendessen, als sie wie üblich noch zusammensaßen und die Frauen schon ganz gespannt waren, rief Polly, die bereits informiert war, nach Rina, die es sich mit Charlie und Snoopie auf dem Boden gemütlich gemacht hatte, um Karten zu spielen.

„Willst du nicht mal mit Charlie nach oben gehen und ihm dein Zimmer zeigen? Sicher braucht er noch ein paar Tipps, wenn er auch bald eins bekommt."

Die beiden sahen sich bedeutungsvoll an, nickten nur und verließen den Raum. Draußen stemmte Rina die Hände in die Hüften, wie das Grannie Lea oft machte und stieß die Luft aus. „Pff, hier ist etwas oberfaul! Du kennst mein Zimmer doch schon."

Charlie nickte. „Na klar, ich habe dir doch beim Saubermachen geholfen. Sie schicken uns weg! Das heißt, sie wollen etwas Wichtiges besprechen."

Rina nickte grinsend. „Komm mit, ich weiß, wo wir alles hören können."

Das große Fenster des Raumes, in dem die Erwachsenen saßen, führte in den Innenhof. Genau unter diesem Fenster hatten die beiden Rentner, die die Außenanlagen gestalteten, einen Anhänger mit blühenden Sträuchern und immergrünen Hecken abgestellt. Darunter konnte man die beiden nicht sehen, sie aber hörten durch das offene Fenster alles, was gesprochen wurde.

„Jetzt fängt mein Paps an", flüsterte Charlie etwas zu laut, weshalb Rina mahnend die Finger vor die Lippen hielt und Snoopie besänftigend streichelte.

Im Raum hatte sich Dennis endlich ein Herz gefasst und begann zu sprechen. „Mein Leben ist seit 6 Jahren ein einziges Chaos und ich habe keine Ahnung, wie ich da je wieder herauskommen sollte.

Ich habe Schulden ohne Ende, weil jemand in meinem Namen, alle möglichen Dinge, Waren oder Leistungen bei Versandhäusern und Internetanbietern bestellt, die ich dann bezahlen soll.

Ganz am Anfang habe ich noch widersprochen und versucht zu kämpfen, weil ich genau wusste, dass ich weder etwas bestellt, noch etwas erhalten hatte. Aber dann fielen die Inkasso-Büros über mich her, mein Gehalt wurde gepfändet. Das gefällt natürlich keinem Arbeitgeber. Als die Geldeintreiber fast täglich in die Firma kamen, wurde mir gekündigt.

Ich bin nicht zum Amt gegangen, denn von dem Geld hätte ich nichts gesehen. Charlie war noch klein, also war ich tagsüber bei ihm und habe nachts Gelegenheitsarbeiten gemacht.

Aber damit kam ich nicht weit und irgendwann reichte das Geld auch nicht mehr für die Miete. Außerdem kamen ständig neue Rechnungen, ich sah keinen Ausweg mehr und bin geflohen.

Meine Großmutter hatte einen Garten, weit draußen vor der Stadt, der immer noch auf ihren Namen läuft. Dort in der Laube habe ich mit Charlie die letzten 3 Jahre gehaust und nur Aushilfsarbeiten angenommen."

Er blickte auf, sah aber nur mitfühlende Blicke. „Seitdem bin ich nirgends offiziell gemeldet, denn wenn ich das tue, geht das Drama weiter. Ich wünsche mir für Charlie so sehr, dass er auch ein eigenes Zimmer und ein ganz normales Leben hätte. Ich will kein schlechter Vater sein, aber ich weiß nicht, wie ich die Situation ändern könnte."

„Und die Polizei? Haben die denn nichts unternommen?" Pollys Stimme klang wütend, aber Tessie hielt sie zurück.

„Da ist doch noch mehr, oder? Jemand hat deine Identität gestohlen und du hast es nicht angezeigt? Dafür musst du einen sehr guten Grund haben."

Dennis sah wieder nach unten. So wie die Frauen die Lage betrachteten, fühlte er sich noch unfähiger, als vorher. Sie waren in allem so zupackend und hätten bestimmt schon eine Lösung gefunden. Wenn ich sie doch nur überzeugen könnte, dass es um etwas anderes geht. Auf keinen Fall wollte er vor ihnen wie der letzte Idiot da stehen.

„Ich bin nicht zur Polizei gegangen, wegen Charlie. Hinter alledem steckt meine Exfrau Pia, davon bin ich fest überzeugt. Aber mein Sohn sollte nicht erfahren, was seine Mutter für eine fürchterliche Person ist."

„Bestellt denn dieser Jemand nur Sachen für Frauen oder wie kamst du auf die Idee?" Lea konnte Dennis gut verstehen, aber ein einfacher Verdacht reichte doch nicht aus!

Auch Tessie zielte in die gleiche Richtung. „Ich vermute, du hast es einfach angenommen. Dein Großmut ehrt dich, aber dein Junge hat davon gar nichts. Wenn deine Ex wirklich so ein Miststück ist, das dir nicht einmal ausreichend Geld für das Kind lassen will, dann wird er es sowieso irgendwann erfahren. Aber was, wenn sie es gar nicht war? Wir haben alle schon einige Erfahrungen bei der Aufklärung von Straftaten und wissen, dass vieles nicht so ist, wie es scheint. Dein Geburtsdatum und deine Adresse hat vermutlich auch jeder Mitarbeiter in der Personalabteilung gekannt."

„Das ist es nicht alleine." Dennis sah die Frauen fast flehend an. „Ich habe damit gerechnet, dass Pia etwas Schlimmes machen wird, sie ist einfach so. Leider habe ich das zu spät erkannt. Als ich im letzten Studienjahr in den Ferien dort arbeitete, war sie die hübsche, umschwärmte Tochter des Chefs. Nach dem Studium hat er mich sofort eingestellt, ich galt als aufstrebender Stern in diesem Bereich und das hat sie vermutlich gereizt.

Aber so toll, wie ich sie anfangs fand, war sie bei näherer Betrachtung nicht mehr. Sie war total verwöhnt und eigensüchtig. Ich wollte gerade Schluss machen, als sie mich mit Vorwürfen überfiel. Sie war schwanger und auf keinen Fall bereit, sich ihre Figur ruinieren zu lassen. Sie wollte kein Kind, ich dagegen schon und ich habe das auch keinen Tag bereut. Was würde ich ohne Charlie tun? Also habe ich die Abtreibung verhindert und sie geheiratet."

Er wagte nicht, die Frauen anzusehen und berichtete stockend weiter.

„Aber das war ein noch größerer Fehler. Sobald Charlie auf der Welt war, verschwand sie, manchmal für Monate. Ich habe mich um das Baby gekümmert und konnte natürlich nicht arbeiten. Nur das kleine Erbe meiner Großmutter, hat mich über Wasser gehalten. Bei der Scheidung hat sie dann dieses Erbe unbedingt haben wollen und mir gedroht, mich fertig zu machen."

„Und das scheint ihr gut gelungen zu sein", stellte Tessie lakonisch fest. „Aber damit ist jetzt Schluss! Du wirst das anzeigen und wir helfen dir, das alles durchzustehen."

Auch Lea und Polly nickten ohne weitere Kommentare. Dennis wurde ein wenig leichter, vor allem als Tessie fortsetzte. „Am besten gehen wir beide gemeinsam zu Fabian. Er müsste da sein."

Dabei sah sie Lea an, die bestätigend nickte. „Wenn jemand weiß, was jetzt alles zu tun ist, dann ein ehemaliger Polizist."

Nachdem das Gespräch im Raum verstummt war, krochen die Kinder und der Hund unter dem Anhänger hervor. Charlie war sichtlich wütend. Er kickte einen Stein zur Seite und ballte seine Fäuste. „Ich hasse meine Mutter!"

Rina nickte zustimmend. „Ich hasse meinen Vater auch. Aber mit meiner Mami habe ich großes Glück gehabt. Die ist wirklich schwer in Ordnung."

„Mein Paps auch." Charlie nickte und äußerte dann zögernd einen Gedanken, der ihn schon lange beschäftigte.

„Wenn die beiden heiraten würden, dann wäre alles richtig. Ich bekäme eine tolle Mutter und du einen tollen Vater. Und wir beide wären Geschwister, das wäre super."

Aber Rina schüttelte sehr bestimmt den Kopf. „Wir Amazonen heiraten doch nicht! Aber ihr könnt mit uns befreundet sein und neben uns wohnen. Das wäre Mega. Aber zuerst müssen wir deinen Vater retten. Hast du eine Ahnung, was wir machen müssen bei.., wie hieß das Wort?"

„Identitäts-Diebstahl. Ich weiß, wo wir etwas finden."

„Internet?"

Und Charlie antwortete lakonisch. „Wo sonst!"

Mit vielen praktischen Tipps des ehemaligen Polizisten war Dennis zum Bauwagen zurückgekehrt, um gleich am nächsten Morgen zur Polizei zu gehen, während sich Tessie wieder zu den Frauen setzte.

„Er tut mir echt leid! Der Mann arbeitet so hart und tut alles für seinen Sohn und so eine Schlange von Frau nimmt ihn aus, wie eine Weihnachtsgans. Wir müssen mehr für ihn tun", ereiferte sich Polly so, dass ihr Pferdeschwanz fast so kühn wippte, wie Rinas Zöpfe.

Tessie nickte, mahnte aber zur Vorsicht. „Lass uns erstmal genauer klären, was wirklich Realität und was Vermutung ist. Du hast schon wieder viel zu viel Funkeln in deinen Augen, um das noch richtig einschätzen zu können."

Polly sprang wütend auf. „Du machst es schon wieder! Du mischst dich schon wieder in mein Leben ein, wie immer!"

Dann knallte sie demonstrativ die Tür zu und verschwand.

Tessie schüttelte ratlos den Kopf und hob die Hände. „Was soll ich jetzt schon wieder getan haben, ich habe doch recht, oder?"

Als sie sich Lea zuwandte, lächelte die nur amüsiert. „Das erinnert mich daran, wie du in dem Alter warst. Karl Kraus hat mal gesagt, auch Ratschläge können Schläge sein, vor allem, wenn sie ungebeten erteilt werden."

Tessie seufzte. „Ach Mutter, du hast ja recht. Wann werde ich so weise sein, wie du es heute bist?"

Lea lehnte sich gelassen zurück. „Ich glaube das trifft nur dann zu, wenn man keine Fehler mehr macht. Und davon bin ich noch weit entfernt."

„Und ich auch", ergänzte die zurückgekehrte Polly kleinlaut und setzte sich wieder ihrer Mutter gegenüber. „Du hast recht, Dennis muss erst mal zur Polizei und selbst etwas tun. Du hattest auch damals mit Dirk recht, ich war nur zu trotzig, um es zuzugeben. Lass uns nicht mehr streiten."

Dieser Vorschlag brachte Tessie und Lea erst richtig zum Lachen. „Also das ist zu viel verlangt", kicherte Tessie. „Das wäre bei unserem Temperament auch gar nicht machbar. Ich war auch zu voreilig. Vielleicht sollten wir Regeln für faires Streiten aufstellen. Im Kindergarten habe ich das mit den Kindern auch immer gemacht. Zum Beispiel", dabei zählte sie an ihren Fingern ab:

„1. Unterschiedliche Meinungen sind erlaubt, aber Schuldzuweisungen und Schimpfwörter nicht."

„Schade", wurde sie von Lea unterbrochen. „Ich habe von den Bauarbeitern gerade ein paar besonders drastische gelernt."

Tessie warf ihr nur den *pädagogischen* Blick zu, mit dem sie sonst Kinder ermahnte und setzte fort.

„2. Wenn einer spricht, hört der andere zu und sammelt nicht in dieser Zeit schon Gegenargumente.

3. Lösungsvorschläge sind wichtiger, als recht zu haben."

„Das ist wirklich gut", freute sich Polly, die alles notiert hatte.

„Das hilft mir auch bei Rina, die bisher jeden Streit scheut. Wenn sie weiß, was erlaubt ist, kann sie sich bestimmt besser durchsetzen."

Als ob sie den mütterlichen Wunsch gehört hätte, war Rina im Büro gerade dabei, sich heftig mit Charlie zu streiten, der über das Internet versuchte, seine Mutter zu finden.

„Und was willst du tun, wenn du sie gefunden hast? Willst du sie anschreien? Denn mehr geht nicht, weil wir keinerlei Beweise haben. Wenn wir deinem Paps helfen wollen, dürfen wir dem Geschehen nicht hinterher hinken, sondern müssen vorausschauend handeln."

„Und wie?" Charlie fühlte sich niedergeschlagen und schuldig, nachdem er jetzt gehört hatte, dass eigentlich er, die Ursache der Schwierigkeiten seines Vaters war. Warum konnte seine Mutter nicht sein wie Polly? Und wieso mochte sie ihn nicht? Lag das auch an ihm? Er hatte doch nie etwas Schlimmes angestellt.

Mutlos ließ er sich wieder auf den Stuhl sinken und gab jetzt *Identitäts-Diebstahl* in das Suchfeld ein.

Demonstrativ schob er den Monitor, näher zu Rina. „Schau, da steht alles, was die anderen auch schon gesagt haben, Anzeige erstatten und keinesfalls die Rechnungen bezahlen."

Rina zog die Stirn kraus. Bei Flavia gab es nichts Vergleichbares, aber in den Geschichten über Miss Marple wurde oft geprüft, wer denn die Gelegenheit für die Tat hatte. Vielleicht war das in diesem Fall auch entscheidend. „Hat denn dein Vater eigentlich Pakete oder andere Sendungen bekommen?"

Darüber musste Charlie nicht nachdenken. „Er sagt Nein und das ist auch so, weil wir nie etwas gekauft haben, was zugeschickt werden musste. Nicht einmal das Original-Charly-Brown-Shirt, das ich mir so gewünscht hatte. Mein Paps hatte nie das Geld dafür."

„Aber wohin sind die ganzen Sachen dann geliefert worden? Auf einem Paket steht doch die Anschrift und der Paketbote steht dann entweder vor der Wohnungstür oder legt es in eine Packstation."

„An der Wohnungstür war kein Bote, ich war damals fünf und würde mich erinnern. Und was ist eine Packstation?"

Rina zuckte mit den Schultern. „Einfach ein großer Kasten mit Fächern. Klick doch mal, die haben bestimmt ein Bild. Wenn du ein Paket bekommen sollst, erhältst du vorher eine Karte, da steht ein Code darauf und damit kannst du dein Paket herausnehmen.

Meine Mami bekommt den Code gleich aufs Handy, weil sie bei dem Paketdienst angemeldet ist. Du hörst mir überhaupt nicht zu!"

Charlie schien Rina total vergessen zu haben. Seine Hände flogen regelrecht über die Tasten und sie hörte nur noch Klicken oder ein nervendes Pfeifen durch die Zähne, was sie natürlich nicht konnte, obwohl ihre Zahnlücke inzwischen zugewachsen war.

Nachdem sie eine Weile Pfeifen geübt und er nicht reagiert hatte, zupfte sie energisch an seinem Shirt.

Endlich drehte er sich um und grinste sie an. „Ich glaube, ich habe das Rätsel gelöst."

Als er es ihr erklären wollte, verzog sie das Gesicht. „Das ist mir zu kompliziert, da bekommt man ja Knoten im Gehirn. Und was machen wir jetzt mit diesem Wissen?"

Charlie hob ratlos die Schultern. „Das weiß ich nicht."

„Aber ich", lächelte Rina stolz. „Wir gehen gleich morgen nach der Schule zu Onkel Fabian, der weiß, was jetzt noch zu machen ist. Immerhin haben wir schon fast alles erledigt." Sie schob ihren Arm um Charlies schmale Schultern. „Wir sind echt super! Besser wäre Flavia de Luce auch nicht gewesen!"

Auch Fabian Köster war am nächsten Tag ziemlich überrascht, als ihm Charlie erklärte, wohin die Pakete gingen, die seinen Vater in Schwierigkeiten gebracht hatten. „Du meinst, dieser Jemand hat sich als dein Vater beim Paketdienst angemeldet, kriegt den Code auf sein Handy, geht dann seelenruhig zur Packstation in der Berliner Allee und keiner merkt was davon?"

Charlie nickte.

„Aber wie hast du denn herausbekommen, an welche Packstation geliefert wird?"

Charlie sah ihn nur verwundert an. „Na, ich habe einfach den Namen meines Vaters bei dem Paketdienst eingegeben und dann immer weiter, bis ich bei den persönlichen Angaben war."

Charlie konnte die Aufregung des Mannes nicht verstehen, der ihn ansah, als wären ihm zwei Köpfe gewachsen.

„Hätte ich das nicht machen dürfen?"

Jetzt lachte Fabian Köster. „Junge, du bist ein Genie. Wenn ich mal wieder etwas im Internet suche, was schwierig zu finden ist, dann komme ich zu dir."

Da Charlie fast geschockt von so viel Anerkennung wortlos blieb, übernahm Rina. „Onkel Fabian, wir wissen jetzt, wie es gemacht wurde, aber nicht, wer das macht. Könnten wir den Verbrecher nicht auch fangen, wenn er ein Paket abholt?"

Er schmunzelte. „Vielleicht kriegen wir ihn am schnellsten mit seiner eigenen Methode. Wir geben eine Fake-Sendung bei diesem Paketdienst auf. Ich bringe dort eine versteckte Kamera an und dann sehen wir, wer es abgeholt und hätten damit einen Beweis für die Polizei."

„Am besten verstecken wir uns, bis er kommt", begann Charlie, wurde aber sofort von Fabian gestoppt.

„Wir müssen nicht dort sein, das ist viel zu gefährlich für euch. Noch wissen wir nicht, was das für ein Typ ist."

Aber ich weiß es, das ist meine Mutter! Charlies Gedanken waren bitter. *Aber die kriegt von mir was zu hören!* Über diese Absichten schwieg er jedoch den anderen gegenüber, denn die hätten es ihm bestimmt ausgeredet.

Nach Fabian gingen die Kinder noch zu Tessie, die sie sehr für ihre Detektivarbeit lobte und ihnen noch half, das falsche Paket vorzubereiten, das sie gleich zur Post brachten. Für weitere Überlegungen hatte Tessie aber keine Zeit, weil sie Heidi, Henny und Nicky beim Einzug ins Beerenhaus helfen wollte. Mit Heidi bekam nicht nur Tessie, sondern auch Lea mehr Unterstützung in der Küche.

Am nächsten Morgen war Charlie schon sehr früh wach und starrte unruhig an die Decke des Bauwagens, sein Paps schien schon unterwegs zu sein. Am liebsten wäre er jetzt auch gleich zu seinem Laptop in Tessies Büro gerannt, um nachzusehen. Heute ist Samstag und schulfrei, überlegte er. Ob man jetzt schon die Zustellung prüfen könnte? So sehr lange würde ja ein Paket nicht in der gleichen Stadt unterwegs sein, oder doch?

Schade! Aber da fehlten ihm jegliche Vergleichsdaten.

Bei dem plötzlichen Schlag an die Tür, zuckte er zwar zusammen, entspannte sich aber wieder, als er draußen Rina schreien hörte.

„Charlie Braun, du musst aufstehen, dann kannst du gleich was Tolles sehen!"

Er lächelte. Dieses Mädchen war eindeutig verrückt, aber der beste Kumpel, den er je hatte. Er lugte vorsichtig aus dem Bauwagen, eher in Erwartung eines neuen Streichs, aber da standen außer ihr noch Polly, Tessie und Lea und strahlten ihn an.

„Heute ist der 1. Juni, der Internationale Kindertag. Und du bekommst ein Geschenk. Willst du es sehen?" Rina tanzte in neuen grünen Shorts um ihn herum. Dann hielt ihm Polly etwas entgegen, das er fast nicht glauben konnte: Ein gelbes Shirt mit dem bekannten schwarzen Zackenmuster, wie bei dem echten Charly Brown von den Peanuts. Tessie half ihm, es überzuziehen und musterte ihn zufrieden.

„Das passt prima und du kannst sogar noch ein wenig hinein wachsen. Es ist zwar kein Original, aber wir haben uns Mühe gegeben."

„Und ich habe das Zackenmuster mit meiner Mami gedruckt und dir nichts verraten. Jetzt bist du platt, oder?"

Charlie nickte nur und lächelte selig. So hatte er sich noch nie gefühlt, dieser Tag war einfach toll!

Und er wurde sogar noch besser. Während die anderen wieder an die Arbeit gingen, machte Tessie mit Rina, Charlie und Snoopie eine Wanderung zu einem See. Unterwegs sangen sie Lieder, die Charlie zwar nicht kannte, aber fröhlich mit brummte. Oder sie versuchten zu erraten, welcher Vogel gerade sang, da wusste er besser Bescheid als Rina. Der Höhepunkt war aber, als sie über den See zu einer kleinen Insel ruderten, dort ein Picknick machten und die beiden sich wie Robinson Crusoe fühlen konnten.

„Danke, Tessie, das ist mein allerschönster Tag überhaupt!" Charlie war einfach glücklich.

Und so müsste es immer sein, überlegte er. Wenn erst das Problem mit seiner Mutter gelöst war und das lag in seiner Verantwortung, dann könnten er und sein Paps für immer Teil dieser Familie sein.

Zwei Tage nachdem sie das Paket aufgegeben hatten, entdeckte Charlie, dass der Code für die Packstation übermittelt war. Vor Rina hätte er das lieber geheim gehalten, aber sie hatte ihm über die Schulter geschaut und wusste Bescheid.

„Wir gehen dort nicht hin. Du weißt, was Onkel Fabian gesagt hat." Charlie antwortete nicht. Natürlich wollte er Rina nicht anlügen, aber er wusste genau, was er tun musste.

Nach der Schule sauste er sofort zur Berliner Allee. Er hatte sich die Packstation vorher schon genau angesehen, die im Durchgang eines Häuserblocks eingerichtet war. Es gab nirgends eine Möglichkeit, sich zu verstecken, also versuchte er sich nur hinter einem Müllcontainer zu verbergen.

Vorher spürte er noch mit dem Code das richtige Fach auf und war beruhigt, dass das Paket noch vorhanden war. Nach einer Stunde begann er zu bedauern, dass er das Mittagessen ausgelassen hatte, denn sein Magen knurrte laut. Von seiner Mutter war immer noch nichts zu sehen. Plötzlich fiel ihm ein, dass er gar nicht wusste, wie sie aussah, wie sollte er sie dann erkennen?

Oh je, platzte jetzt die ganze Aktion? Er dachte fieberhaft nach, bis ihm eine Lösung einfiel. Dann musste er eben nur das Fach genau im Auge behalten.

Doch das wurde gerade von einem ziemlich dicken Mann geöffnet, der Bermudahosen und ein offenes Hawaiihemd trug, das seinen dicken Bauch noch mehr betonte. Er riss gerade wütend das falsche Paket auf. Charlie war enttäuscht, nichts lief so wie er erwartet hatte. Wer war denn diese komische Figur?

Empört trat er aus seinem Versteck. „Sie sind also der Betrüger! Warum tun sie das meinem Vater an?"

Der Mann schaute überrascht zu ihm, dann fiel sein Blick auf das gelbe Shirt.

„Du dachtest, du könntest mich reinlegen? Du bist doch bestimmt Charlie Braun. Zu früh gefreut, mein Lieber. Du kommst jetzt mit. Mal sehen, wie weit dein Vater gehen wird, um dich zurück zu bekommen."

Dann schob er Charlie brutal den großen Karton über den Kopf und schubste ihn auf die Rückbank seines Autos.

Alles was Charlie in dem Moment dachte, war *Warum habe ich Snoopie nicht mitgenommen?*

Etwa zur gleichen Zeit hatte Rina wieder eines dieser sonderbaren

Bilder vor den Augen. Sie sah Charlie, der etwas über dem Kopf trug und in ein Auto gestoßen wurde. Oh, nein! Vielleicht ist er doch zur Packstation gegangen, ganz alleine und wird dort von den Räubern verschleppt?

Vor Angst liefen ihr die Tränen über das Gesicht, als sie zu Oma Tessie lief und ihr schluchzend alles erzählte.

Die rief die anderen Frauen zusammen und informierte sie. „Hier besteht dringender Handlungsbedarf, hätte jetzt Miss Marple gesagt."

Lea nickte nur und holte Fabian zu Hilfe, während Polly förmlich zur alten Ritterburg flog, um Dennis zu informieren, der dort arbeitete. Nachdem Tessie allen von Charlies möglicher Aktion erzählt hatte, war Dennis so in Sorge, dass er am liebsten gleich zur Packstation gestürzt wäre, aber Fabian hielt ihn zurück.

Er hatte inzwischen sein Handy mit dem großen Monitor von Tessies Computer verbunden und ließ dann alle beobachten, was dort passiert war.

Dennis war total überrascht, als sein Sohn einen Mann ansprach. Von Pia war weit und breit nichts zu sehen. Und dieser Mann packte seinen Sohn und stieß ihn in ein Auto.

Wütend trat er näher und stutzte dann. „Moment, den Kerl kenne ich doch. Der hat damals mit mir in dem gleichen Architektenbüro gearbeitet. Dann hat er Millionen geerbt und ist ausgestiegen. Ich glaube er hieß Kellner, richtig Michael Kellner oder Millionen-

Mike. Er war damals auch an Pia interessiert. Und jetzt hat er meinen Jungen, da muss ich sofort hin."

„Stopp!", rief Fabian. „Hier geht es nicht mehr um Paket-Betrug, sondern um Kindesentführung. Sie rufen als erstes meine Kollegen an und erstatten Anzeige, dann übernehme ich."

„Wenn Sie glauben, dass ich hier auf die Polizei warte, während der meinen Charlie hat, dann irren Sie sich!" Dennis war vor Sorge außer sich und wurde ziemlich laut.

Deswegen zog ihn Polly zur Seite. „Oma Lea weiß wo er wohnt. Wenn du die Anzeige gemacht hast, fahren wir sofort los."

Dennis nickte, drückte dankbar ihre Hand und rief auf dem Revier an. Vermutlich hätte ihm keiner der Polizisten geglaubt, wenn nicht anschließend Fabian mit seinen ehemaligen Kollegen gesprochen und ihnen auch entsprechendes Bildmaterial als Beweis zugesagt hätte.

Nach dem Telefonat rannte Dennis nach draußen, wo Tessie, Lea, Polly und Rina schon im Auto auf ihn warteten.

„Wir haben auch Snoopie dabei, falls wir Charlie aufspüren müssen", erklärte ihm Rina, die immer noch verweint aussah, sich aber tapfer gab.

Lea, die vorne saß, war richtig stolz darauf, die Richtung anzugeben. „Als du Millionen-Mike sagtest, hat es bei mir geklingelt. Er war Kunde bei uns im Geschäft und hat sich ständig irgendetwas liefern lassen. Ein Angeber der übelsten Sorte, kein Geschmack und keine Manieren. Er bekam bei uns nie die besten Whisky-Sorten, weil er die gar nicht zu schätzen wusste."

Nach ungefähr 10 Minuten, die Dennis wie Stunden erschienen, erreichten sie das Haus, vor dem schon ein Polizeiauto stand.

Zwei Polizisten kamen mit Kellner aus dem Haus und schienen sich gerade verabschieden zu wollen.

Dazu kamen sie aber nicht, weil drei Frauen, ein Mann, ein Kind und ein Hund ziemlich aufgeregt auf sie zustürmten.

Während Dennis sich auf Millionen-Mike stürzte und die Frauen sehr lebhaft mit den Polizisten diskutierten, schlüpfte Snoopie durch die offene Tür ins Haus. Gerade als einer der Polizisten, schon ziemlich aufgebracht, den wütenden Frauen gegenüber versicherte. „Wir haben die Räume alle durchsucht, da war kein Kind!"

Genau in diesem Moment trat Charlie ein wenig derangiert und schmutzig, aber grinsend aus dem Haus. „Er hat mich im Keller eingesperrt und ich hatte schon die Türangeln abgeschraubt, aber Snoopie hat mir den Weg durch ein Rohr gezeigt. Wo wart ihr denn so lange?"

Dann stürzte er seinem Vater in die Arme, der ihn dann an die Frauen weiterreichte, während er sich wieder Millionen-Mike zuwandte, der gerade von den beiden betreten schauenden Polizisten festgenommen wurde.

„Warum? Warum versuchst du mich seit 6 Jahren zu vernichten? Ich bin dir nie in die Quere gekommen."

„Doch!"Mike sah ihn hasserfüllt an. „Bei Pia. Ich hatte Millionen,
aber sie wollte immer nur dich. Aber nach dem Kind nicht mehr.
Sie hat mir versprochen, dass sie zu mir kommt, wenn ich
dich vernichtet habe."

Dennis schüttelte ungläubig den Kopf. „Und du hast ihr geglaubt?
Du Narr!"

Dann wand er sich lieber seinem Sohn und den Menschen zu, die er
jetzt schon als seine Familie betrachtete und die ihm geholfen hatten, endlich wieder eine Zukunft zu haben. „Danke für eure Hilfe
und Danke dafür, dass ihr so seid, wie ihr seid!"

Aber die Frauen lachten schon wieder. „Das war doch eine unserer
leichtesten Übungen", betonte Polly mit Blick auf Tessie.

„Wir sind hart im Nehmen oder wie meine Mam sagen würde, es
hätte schlimmer kommen können."

„Und jetzt", ergänzte Lea, „haben wir zwei Gründe, um zu feiern,
Charlies Rettung und Tessies Geburtstag. Also auf ins Vergnügen!"

Die geheimnisvolle Mieterin

Instinkt ist eine wunderbare Sache. Er kann weder erklärt, noch ignoriert werden. – Agatha Christie

Tessie Sommer sah aus dem Fenster ihres Lofts. Die Sonne schien bereits jetzt ziemlich warm und sie dachte mit Grauen daran, dass sie heute der Hitze nicht mit Caprihose, weitem Shirt und Eiskaffee trotzen konnte, sondern einen wichtigen Bürotermin hatte.

Ihr Anwalt, Dr. Winter, hatte sie wegen einer Kaufanfrage kontaktiert und jetzt machte sie sich auf den Weg zu ihm.

Sie ging absichtlich langsam, denn bei diesem Mann mit den beunruhigenden Augen und dem ständig spöttischen Lächeln, wollte sie sich nicht länger aufhalten, als unbedingt nötig.

Als sie das ehemalige Bürohaus, das jetzige Beerenhaus verließ, konnte sie nicht anders. Sie musste sich einfach bewundernd umsehen und mit der Erinnerung vom März vergleichen, als sie das Gelände zum ersten Mal betreten hatte.

Mittlerweile war es Juli und die Ziegelstein-Fassaden waren gereinigt und strahlten im alten Glanz. Das Beerenhaus und die Bereiche um die antiken Bogenfenster in weiß, bildeten dazu einen lebhaften Kontrast, der durch den wilden Wein noch verstärkt wurde.

Das Baumhaus, der Trakt mit den Start-up-Büros und den Werkstätten war auch innen saniert und renoviert. Nur im Erdgeschoss gab es noch drei Bereiche, die nicht belegt waren. Tessie machte sich eine Notiz für ihren Hinterkopf, sich endlich um den Ersatz für die Bogenfenster zu kümmern.

Das Beerenhaus war jetzt voll vermietet, denn die letzte Zweier-Kombination, hatte sie für Dennis reserviert, der mittlerweile mit seinem Sohn eingezogen war und gerade die Zimmer einrichtete. Inzwischen war er auch gründlich rehabilitiert und in vollem Maße wieder geschäftsfähig, während sein Kontrahent Millionen-Mike noch in Untersuchungshaft saß, wegen Kidnapping und jahrelangem Paketbetrug.

Dr. Winter hatte schon eine Zivilklage eingereicht, damit der entstandene Schaden schneller aus dem Vermögen des Verursachers beglichen wurde und Dennis zu einer angemessenen Entschädigung kam.

Wie immer, wenn sie an Dennis dachte, musste Tessie lächeln. Wenn sie sich damals nicht so gut mit Charlie, Dennis Sohn, verstanden hätte, wäre manches anders verlaufen. So hatte Dennis ihr aus einer prekären Situation helfen können und auch sie hatte ihm geholfen, seine Probleme zu bewältigen.

Und das glückliche Leuchten in den Augen ihrer Tochter Polly, seit die beiden ein Paar waren, war auch nicht zu übersehen.

Es schien also ziemlich sicher, dass sie alle auch weiterhin eine große glückliche Familie sein würden.

Ihr Blick schwenkte zum linken Trakt, dem Blumenhaus, in dem es früher Mode-Ateliers und große textile Werkstätten mit geradezu verschwenderischen sanitären Anlagen gab. Für dieses Gebäude und die Ritterburg hatten sie noch keine zündende Idee und natürlich auch keine Mittel, denn die Reserven waren mehr als erschöpft.

Daher pausierten die meisten Arbeiten, aber vielleicht gab es ja heute noch ein kleines, tröstliches Wunder.

An diesem Gedanken hielt sie fest, bis sie ihr Ziel erreichte und in den mittlerweile ungewohnten Absatzschuhen und einem leichten, sonnengelben Kleid, die Treppe zum Anwaltsbüro empor stieg.

Wie erwartet hatte Dr. Winter wieder diesen Blick, bei dem sich Tessie vollkommen durchleuchtet fühlte, aber dann lächelte er und sie lächelte unwillkürlich zurück.

„Frau Sommer, ich habe eine gute Nachricht für Sie, es geht um das Grundstück, auf dem der Kindergarten stand."

Tessie stockte der Atem. Kamen jetzt etwa noch mehr Kosten auf sie zu? Aber nein, er hatte ja von einer guten Nachricht gesprochen.

„Kennen Sie die Firma Bernstein?"

Als Tessie stumm verneinte, lächelte er wieder.

„Ich bisher auch nicht. Das ist eine neue Gesellschaft, die seltene Erden aufarbeitet, also solche Metalle, die für Solaranlagen und Windkrafträder dringend gebraucht werden. Und eine der häufigsten Arten, die Lanthanoide, findet sich massenhaft auf ihrem kontaminierten Grundstück. Die Firma möchte es ihnen daher abkaufen. Hier ist ein erstes Kaufangebot."

Er schob ihr das Blatt über den Tisch und wartete auf ihre Reaktion, aber Tessie war sprachlos. Für das Gelände hatte sie damals höchstens ein Viertel dieser Summe bezahlt.

Wenn sie jedoch berücksichtigte, wie dringend sie das Geld wirklich brauchte, schien Fortuna endlich mal die Richtige bedacht zu haben.

Vor Freude wäre sie am liebsten aufgesprungen und hätte den überkorrekten Dr. Winter umarmt, aber der hätte dann bestimmt einen Schock bekommen. Das brachte sie zum Schmunzeln und zum Angebot zurück.

„Der Preis ist angemessen. Daraus wird in jedem Fall etwas Tolles entstehen. Sie sollten uns mal besuchen, dann würden Sie staunen, wie sich das Bergmann-Karree verändert hat."

Dr. Winter sah sie so überrascht an, dass sie sich jetzt am liebsten auf die Zunge gebissen und ihre Einladung zurückgenommen hätte, aber dann lächelte er und alles schien wieder in Ordnung.

Nur die Schmetterlinge in ihrem Bauch bewegten sich noch hektisch. Früher war es irgendwie leichter, ein wenig zu flirten, dachte Tessie auf dem Heimweg. Vielleicht gehöre ich mit 48 wirklich schon auf die Ersatzbank?

„Das ist jetzt wirklich mein Zimmer? Nur meins?"

Dennis Braun lächelte über die Begeisterung seines Sohnes.

„Du wirst es natürlich mit Snoopie teilen müssen. Dafür hat er jetzt ein Hundebett."

Charlie hatte sich sehr lange, mit auf dem Rücken verschränkten Händen, umgesehen und ihm gefiel, was er sah. Die linke Wand hatten Polly und Tessie bemalt, wie bei Rina. Nur dass es bei ihm Sonnenblumen gab, die er von allen Blumen am liebsten mochte. Außerdem hatte er einen Schrank, der zwar schon älter, aber sonnengelb lackiert war. Und Gelb war seine absolute Lieblingsfarbe. Aber etwas Wichtiges fehlte noch. „Muss ich mir auch das Bett mit Snoopie teilen?"

Dennis lachte. „Nein, du bekommst ein eigenes, aber das müssen wir erst bauen. Vorbereitet ist es aber schon sehr lange."

In dem Moment klopfte es und Dennis öffnete die Tür. Total überrascht sah Charlie wie Polly und Heidi Teile eines Bettes hereintrugen, die auch gelb waren und sogar das schwarze Zackenmuster hatten, wie bei den Peanuts.

„Das war mal das Bett meines Sohnes, der inzwischen nicht mehr hineinpasst", erklärte Heidi. „Jetzt ist es deins."

Polly brachte noch die neue Matratze herein und die passende Bettwäsche, dann grinste sie. „Dann baut mal schön zusammen oder muss ich helfen?"

Als Charlie und Dennis empört die Köpfe schüttelten, verließ sie lachend das Zimmer.

Lea schlenderte derweilen durch die Südstadt. Solange die Arbeiten unterbrochen waren, wollte sie trotz ihrer knappen Mittel etwas für sich tun. Bei ihrer Frisörin war sie schon gewesen, jetzt betrachtete sie interessiert die Schaufenster der drei Modeläden, die es noch gab.

Meist schüttelte sie den Kopf. Eine Sommermode, in der sich eine Frau, wie eine Königin fühlen konnte, gab es offenbar nicht mehr. Nach einigen Wochen mit Latzhose, hätte sie sich über ein romantisch angehauchtes Kleid gefreut, denn Fabian hatte sie zu einem Konzert eingeladen. Zu mehr war Lea nicht bereit, denn noch fehlte ihr Henry an jedem Tag. Obwohl die gemeinsame Arbeit mit der Familie viel von dem Schmerz nahm, gehörte ihr Herz immer noch ihrer großen Liebe. Aber eine nette Abwechslung war ja wohl erlaubt.

In Gedanken war sie weiter gegangen, als sie vorhatte, bis ihr bewusst wurde, dass sie fast automatisch den Weg zu Henrys Wein- und Spirituosen-Handlung eingeschlagen hatte.

Neugierig trat sie näher. Das Geschäft war noch da und schien auch unverändert. Als sie noch näher heranging, fiel ihr der Schriftzug *Inhaber Julian Richter* ins Auge.

Staunend riss sie die Tür auf und stürmte in das Geschäft, genau in Julians Arme. „Lea, was für eine Freude, dass du kommst. Ich habe so oft versucht, dich zu finden, aber die Familie hat behauptet, du wärst über Nacht einfach verschwunden. Ich schätze, das war auch gelogen. Hast du Lust, mit mir einen guten Roten zu kosten?"

Lea genoss nicht nur den Wein, sondern auch alles andere, was Julian ihr erzählte.

Was war ihr Henry doch für ein kluger, vorausschauender Mensch gewesen! Die habgierige Familie hatte nur das Haus bekommen, das schon von Henrys Eltern stammte, sonst nichts. Ohne das erwartete Erbe war der Neffe inzwischen wirklich pleite und seitdem stand auch das Haus zum Verkauf. Das Geschäft und große Teile seines Geldvermögens hatte Henry vorsorglich in eine Stiftung überführt, die von Julian verwaltet wurde.

Sie hatte die Aufgabe, Forschungsarbeiten auf dem Gebiet der Whisky-Herstellung zu fördern und die Beziehungen zu den schottischen Brennereien zu pflegen. Und Lea hatte er als Mitglied des Vorstandes bestimmt, so wie er immer an sie gedacht hatte.

Sie war selig, erinnerte sie sich doch noch sehr gut an das demütigende Gefühl, von der Schwester aus dem Haus gewiesen zu werden, das sie eingerichtet hatte. Dennoch hatte sie nicht aufgegeben und war jetzt die, die zuletzt lachte.

Nachdem sie sich von Julian verabschiedet hatte, konnte sie einfach nicht anders, sie musste das Haus am Obersee noch einmal sehen. Als sie davor stand, konnte sie kaum die Tränen zurückhalten, weil sie sich an so viele glückliche Momente erinnerte. Aber ohne Henry war es eben doch nur ein Haus, doch offensichtlich ein sehr schönes. Noch während sie das Haus betrachtete, kam ein junges

Paar vorbei, das das Haus besichtigt hatte und mit Schwärmen gar nicht aufhören konnte. Als die Frau sogar von einer fantastischen Designerin sprach, hatte Lea das Gefühl, um mindestens fünf Zentimeter gewachsen zu sein.

Wieder zurück im Sommer-Karree, berauscht von den tollen Nachrichten und nur ein wenig vom Rotwein, fand sie Rina, die niedergeschlagen unter der Rosenhecke am Eingang saß.

Lea betrachtete sie verwundert. Hatten die Kinder nicht Sommerferien? Das war doch bestimmt kein Grund traurig zu sein.

„Ich würde mich ja zu dir setzen, aber ich weiß nicht, ob ich dann ohne Kran wieder hochkomme."

Wie beabsichtigt, lächelte Rina ein wenig.

„Hast du Lust, mit mir ein Eis zu essen? Ich habe Schoko, Banane und Niespulver."

Jetzt lachte das Mädchen, wurde dann aber wieder ernst. „Kann ich dich etwas Super-Wichtiges fragen, Grannie?"

„Ganz sicher", lächelte Lea, „aber oben."

Als sie mit ihrem Eis in dem kühlen Loft saßen, begann Rina.

„Glaubst du, dass man Dinge sehen kann, die noch gar nicht passiert sind?"

„Natürlich! Das kann nicht jeder, aber wir Amazonen gehören zu denen, die es können."

Rina's Augen wurden immer größer. „Kannst du auch etwas vorher sehen?"

Lea lächelte. „Früher ja, aber je älter man wird, umso schwächer wird diese Fähigkeit. War es etwas Schlimmes, das du gesehen hast?"

„Ja, es betrifft Oma Tessie. Es kommt jemand zu ihr, der böse ist, wir müssen sie warnen."

„Unbedingt." Lea nickte und nahm ihre Hand. „Das machen wir gleich."

Sie fanden Tessie an ihrer Kücheninsel, wo sie gerade einen Salat zubereitete und Heidi, vor Freude sprudelnd erzählte, wie viel sie für das Grundstück des ehemaligen Kindergartens erhalten würde. „Mit einer solchen Summe hätte ich nie gerechnet. Aber das Beste ist", damit wandte sie sich zu Lea, „Heidi hat gehört, dass die Knüppelkuh eine saftige Geldstrafe zahlen muss, wegen Behinderung der Justiz. Jetzt kann ich endlich einen Schlussstrich ziehen und mich völlig auf das Neue konzentrieren. Aber ihr habt bestimmt ein anderes Problem?"

„Stimmt. Es ist ein wenig schwierig. Ich weiß ja, dass du dich bisher beim Thema Vorahnungen sehr zurückgehalten hast."

Lea hatte kaum ausgesprochen, als Heidi laut auflachte. Etwas irritiert wartete sie, aber die frühere Kollegin von Tessie lachte noch lauter, erklärte aber dann. „Wenn du wüsstest, wie oft uns Tessie früher mit ihren Vorahnungen genervt hat, würdest du das nicht sagen. Aber was uns am meisten ärgerte, sie hatte damit immer recht."

„Das waren keine Vorahnungen, das ist Bauchgefühl. Miss Marple setzt auch immer auf ihren Instinkt und das Bauchgefühl ist schließlich wissenschaftlich belegt. Im Bauch haben wir mehr Nervenzellen als im Rückenmark und die haben auch noch die gleiche Qualität, wie die Zellen im Gehirn."

„Ja, wenn das so ist, wird Rina uns erzählen, was sie vorausahnt und dann kann dein Bauchgefühl entscheiden."

Die begann mit zaghafter Stimme, aber erleichtert, dass die Frauen ihr glaubten.

„Es wird jemand zu dir kommen, Oma Tessie. Die Person will etwas mieten, sagt dir aber nicht die Wahrheit. Sie ist böse und gefährlich. Ich weiß nicht genau, wie sie aussieht, weil ich zwei Frauen sehe, aber du wirst sie an der Stimme erkennen."

Tessie, die während der Schilderung schon gespürt hatte, wie berechtigt die Warnung war, lächelte Rina zu.

„Danke, Spätzchen. Mir darfst du solche Sachen immer erzählen, auch deiner Grannie und deiner Mami. Wir wissen, dass manche Menschen mehr erfahren, als andere. Wer das nicht akzeptiert, bei dem schweigen wir."

Als sie am nächsten Tag einen Anruf von einer Frau Anacardis, von der Firma *Mercur* erhielt, die die Ritterburg möglicherweise mieten wollte, lief ihr ein Schauer über den Rücken, als sie die eigenartige Stimme hörte. Die Frau machte ihr Anliegen sehr dringend und wollte einen schnellen Termin, um das Gebäude zu besichtigen. Sie schien keine Einwände gelten lassen zu wollen, denn als Tessie auf die Auflagen des Denkmalschutzes hinwies, tat sie das gelassen ab.

Daher kam sie bereits am Nachmittag des gleichen Tages, um die Ritterburg zu begutachten.

Auch ohne die Vorwarnungen von Rina, hätte Tessie bemerkt, dass etwas nicht stimmte. Die Frau war äußerlich so unscheinbar, dass man sich garantiert nur schwer an sie erinnern würde.

Aber die kontrollierten, geschmeidigen Bewegungen, die eigenartige Stimmfärbung und die zielstrebige Verhandlung deuteten darauf hin, dass sich dahinter eine Person verbarg, die eiskalt Macht ausübte und bestimmt kein Nein gelten ließ.

Tessie sah keine legale Möglichkeit, ihr einen Mietvertrag zu verwehren, zumal die Firma die notwendigen Instandsetzungsarbeiten des Gemäuers selbst übernehmen und außerdem eine horrende Miete zahlen wollte.

Rina und Charlie saßen wie häufig in ihrem Geheimversteck, das sie sich im Rosenbusch gebaut hatten, als die Frau Tessies Büro im Erdgeschoss verließ. Rina schaute ihr mit angstvollen Augen nach. „Sie ist so böse."

Charlie, der seit Tagen nur Augen für sein allererstes Handy hatte, schaute auf. „Wen meinst du? Die, die ich gerade fotografiert habe? Die Kamera ist echt gut."

„Das müssen wir gleich Oma Tessie zeigen, das ist sehr wichtig!"
Charlie nickte nur und speicherte das Foto sorgfältig.

Bei Computern wusste er besser Bescheid, aber wenn Rina etwas
gesehen hatte, dann verstand er oft nicht, wie sie das machte. Aber
er hatte bereits mehrfach erlebt, dass ihre Vorhersagen ziemlich
genau stimmten.

Tessie hatte gerade ihr Büro gelüftet und trotz der Sommerhitze
zwei Duftkerzen angebrannt, als die beiden kamen.

„Ich hoffe, dass das Böse jetzt verflogen ist. Rina, du hattest so
recht mit deiner Warnung. Trotzdem habe ich einen Mietvertrag
mit der Frau abgeschlossen, weil wir das Geld brauchen. Aber wohl
ist mir nicht dabei."

„Charlie hat ein Foto von ihr gemacht, wir sollten es Onkel Fabian
zeigen. Vielleicht weiß er, ob sie eine Verbrecherin ist, weil sie in
Wirklichkeit anders aussieht."

Tessie sah sie überrascht an. „Den Eindruck hatte ich auch. Fabian
ist bei deiner Grannie. Wir gehen am besten gleich zu ihnen."

Fabian Köster hatte sich nach seiner Pensionierung viel Zeit gewünscht, um selbst Krimis zu schreiben. Sein Erstling war auch gut
angekommen, aber das 2. Buch bestand bisher nur aus wenigen
Seiten, weil er mehr als erwartet, die Aufregung, das Grübeln und
schließlich die Klärung eines Falles vermisste. Daher hatte er sich
als Privatdetektiv selbständig gemacht.

Tessies Bitte, die Frau zu überprüfen, konnte er gut nachfühlen, denn auch er spürte, dass hinter dieser harmlosen Mietsache mehr steckten musste. Bei legalen Geschäften wurde selten eine so hohe Miete angeboten, also deutete vieles auf das organisierte Verbrechen. „Wie würdest du die Frau beschreiben, was ist dir aufgefallen?"

„Das ist gar nicht so einfach", begann Tessie, nach Worten suchend. „Die Frau ist sowas von unscheinbar, von unauffällig. Genau genommen ist sie das menschliche Äquivalent von Beige, bis auf ihre geschmeidigen Bewegungen und ihre Stimme, die wirklich eigenartig ist."

„Sie klingt so, als ob sie Erdbeeren mit Stacheldraht gegessen hätte und nicht mit Sahne", meldete sich Rina. „Das würde Flavia sagen. Aber wichtiger ist, Charlie hat sie fotografiert."

Nachdem Fabian das Foto gründlich betrachtet und auf seinen Computer geladen hatte, vergewisserte er sich noch.

„Hat sie dich dabei gesehen?"

Charlie grinste. „Niemals! Wir waren doch in unserem Geheimversteck und ich brauchte auch keinen Blitz."

„Das ist gut. Aber ab jetzt ist diese ganze Angelegenheit und die Umgebung der Ritterburg *Streng geheim!"*

„*Top secret",* flüsterte Charlie, der sich seit kurzem für Englisch begeisterte und Rina nickte verschwörerisch.

Am nächsten Tag hatten die beiden die Ereignisse und die Frau fast vergessen, denn Polly nahm sie mit in eine kleine Firma, die sich auf die Herstellung von Zuckerersatzstoffen spezialisiert hatte.

Die Kinder wurden wie offizielle Testpersonen behandelt und durften Schokolade und Pralinen in allen Ausführungen und Geschmacksrichtungen kosten, während die Besitzer Polly überzeugen wollten, für sie ein ganz spezielles Back-Buch mit ihren Produkten zu entwickeln.

Polly erbat sich noch etwas Zeit, um mit den kalorienfreien Zuckern der Firma zu experimentieren, ehe sie mit den Kids nach Abgabe ihrer Bewertungen, die Firma freudestrahlend verließ.

Sie war auch auf dem Heimweg guter Laune und scherzte und lachte mit ihnen, vor allem, als sie ihre Freundin Nadine traf, die ihr erstaunliche Neuigkeiten zuflüsterte. Aber das alleine war nicht die Ursache ihres Hochgefühls.

Pollys gute Laune hatte einen anderen Grund und der hieß Dennis. Seit er rehabilitiert war, schien er weniger zurückhaltend und suchte häufiger ihre Nähe.

Schon an dem Abend, als sie gemeinsam Charlie befreiten, saßen sie noch lange zusammen, auch als die anderen schon längst schliefen. Bei jedem intensiven Blick aus seinen Schokoladenaugen, schienen die Schmetterlinge in ihrem Bauch das Tempo zu erhöhen und immer wilder durcheinander zu flattern. Angestrengt versuchte sie sich daran zu erinnern, dass Amazonen alleine viel zufriedener lebten, aber waren sie alleine auch glücklich?

Ihr Herz klopfte stärker als sonst, als sie aufstand, ihm die Hand reichte und ihn mit sich zog. Sie sah, wie seine Augen aufleuchteten, als er ihre Absicht verstand, und lächelte zufrieden, daran könnte sie sich gewöhnen. Seitdem waren sie ein Paar und Polly wirklich glücklich.

An den folgenden Tagen legten sich die Kinder erneut in der Rosenhecke auf die Lauer, aber an der Ritterburg waren nur Bauarbeiter zu sehen, die an allen möglichen Stellen des alten Gemäuers werkelten und anscheinend Tag und Nacht arbeiteten.

Als sich Tessie drei Tage später in die Nähe des alten Gebäudes wagte, war davon kaum noch etwas zu sehen, aber jede Menge Antennen auf dem Dach.

Sie ging etwas zögernd durch das große Tor, das in die Innenräume führte und staunte. Das Erdgeschoß war bereits völlig instand gesetzt. Arbeitete die Frau mit Heinzelmännchen?

Tessie schüttelte den Kopf, wahrscheinlich eher mit bösen Geistern.

Aber die Ergebnisse waren sehenswert. Als sie gerade in Richtung Kellertreppe gehen wollte, ertönte ein scharfes „Stopp!"

Tessie wandte sich unwillig um und wäre beinahe zurückgezuckt.

Frau Anacardis stand ganz dicht hinter ihr und dennoch hatte sie überhaupt nichts gehört!

„Ich wollte nur sicher gehen, dass Sie hier alles haben, was Sie brauchen, aber keinesfalls stören."

Sie lächelte etwas bemüht und hoffte inzwischen nur noch, möglichst unbehelligt, aus dieser Situation wieder heraus zu kommen.

Einen kurzen Moment sah es nicht danach aus, aber dann lächelte die Frau auch und trat zur Seite.

„Es ist alles in Ordnung, aber als Logistikunternehmen müssen wir großen Wert auf die Sicherheit und den Schutz unserer Daten legen. Sie verstehen das sicher."

Tessie nickte nur und zog sich zurück, so schnell es vertretbar war.

Erst als sie die Tür ihres Büros wieder hinter sich geschlossen hatte, atmete sie tief auf.

Charlie, der jetzt wieder an seinem geliebten Laptop saß, schaute sie zwar verwundert an, schwieg aber.

„Such mir doch bitte alles heraus, was das Internet über eine Logistikfirma *Mercur* weiß."

Charlie salutierte ernsthaft. „Wird gemacht, Chef!"

Tessie lachte und wuselte ihm durch seine schokobraunen Locken.

„Was würde ich nur ohne dich machen?"

Nach kurzer Zeit pfiff er durch die Zähne und rief. „Die sind nagelneu. Es gibt sie erst seit zwei Monaten, das ist verdächtig, oder?"

Tessie nickte und fühlte sich furchtbar. Hatte sie jetzt ihre Familie in Gefahr gebracht, nur weil sie das Geld brauchte?

Als sie den anderen nach dem Abendessen davon erzählte, schlug sich Polly mit der flachen Hand gegen die Stirn.

„Ich bin sowas von vergesslich, ich wollte euch gestern schon davon erzählen. Erinnert ihr euch an Kerem, der beim Backwettbewerb gegen mich verloren hat? Das Hotel seiner Familie ist inzwischen pleite. Sie wollten deshalb das Gebäude an die *Mercur* verkaufen, aber die haben es abgelehnt.

Sie suchten ein Gebäude, das eine ungehinderte Zufahrt hat und weiter draußen liegt. Für mich klingt das nach einem Ort, wo sie möglichst nicht beobachtet werden können. Ich habe sowas erst neulich bei Goldy im Krimi gelesen, da haben sie in ganz normalen Transportkisten Drogen geschmuggelt."

Auch Lea schüttelte sorgenvoll den Kopf. „An Drogen glaube ich nicht. Mein Gespür sagt mir, dass diese Leute anders ticken, weil ich so etwas Ähnliches schon gehört habe. Beim Skypen hat mir einer der Schotten einen ähnlichen Fall berichtet, da wurde auch ein abgelegenes Gebäude gesucht, da wurden horrende Mieten angeboten und am Ende ging es um organisierte Geldwäsche.

Miss Marple würde jetzt warnen: Wenn du feststellst, dass dir die Leute nicht die Wahrheit sagen, pass auf! Es ist wirklich gut, dass wir Fabian informiert haben. Nicht dass man uns noch Beihilfe unterstellt."

Für den Rest der Woche blieb es ruhig. Alle gaben sich Mühe, gar nicht in die Nähe der Ritterburg zu kommen, die jetzt eher wie eine Festung aussah, vor der schwarzgekleidete Männer patrouillierten, in der es aber sehr geschäftig zuging.

Am Sonntagmorgen, an dem sich sonst alle zu einem ausgedehnten Brunch trafen, kam Polly mit einer angstvollen Rina, die sich erst jetzt wieder beruhigte.

„Es passiert etwas in der Ritterburg?" Tessie sah sie besorgt an, und Rina nickte tapfer. „Die Polizei kommt heute, aber ich weiß nicht, wie es ausgeht."

„Wenn es so ist", ordnete Tessie an, „müssen wir uns vorbereiten. Keiner verlässt das Haus in diese Richtung, auch wenn wir heute ein Superwetter haben."

Sie vergewisserte sich, dass ihr alle zustimmten, aber Rina war noch nicht zufrieden. Sie sah zur Uhr und flüsterte. „Es geht gleich los!"

„Dann gehen wir alle zu mir", rief Lea, „dort haben wir den besten Überblick."

Dann standen sie alle dichtgedrängt am großen Fenster, Rina in der Mitte, und hielten sich an den Händen. Alle schauten wie gebannt zur Ritterburg, als plötzlich von mehreren Seiten große schwarze Autos auf das Gebäude zurasten. Viel konnten sie in dem Durcheinander nicht erkennen, denn es ging alles sehr, sehr schnell. In einem Moment hörten sie noch Schüsse, im nächsten wurden die Wachen bereits abgeführt.

„Schaut mal nach oben! Da ist etwas", rief Charlie aufgeregt, als aus dem obersten Fenster eine dunkel gekleidete Person herunter sprang. Sie sah aus, wie ein Ninja-Kämpfer und landete trotz der enormen Höhe federnd auf dem Boden. Dann rannte sie in Richtung Beerenhaus, zur Toreinfahrt, wo sie von Snoopie gestoppt wurde, der sie wütend anbellte. Charlie stockte der Atem. „Oh nein, mein Snoopie, der wird ihn töten!"

Und ehe jemand von den Erwachsenen reagieren konnte, flitzte er wieselflink nach unten. Nicht nur sein Vater, sondern auch alle anderen folgten ihm, waren aber nicht so schnell.

Als sie aus dem Haus kamen, sahen sie entsetzt, dass es sich bei dem Ninja um Frau Anacardis handelte, denn erst jetzt konnte man das Gesicht erkennen.

Sie presste Charlie mit einem Arm an sich, um ihn als Schutzschild zu benutzen, in der anderen Hand hielt sie einen ziemlich gefährlich aussehenden Revolver. Ihr Weg nach draußen war blockiert und aus der anderen Richtung rückte das Sondereinsatzkommando näher.

Ein Schusswechsel schien unvermeidbar, da die Frau keinerlei Anstalten machte aufzugeben, egal wie oft Tessie an ihre Vernunft appellierte.

Charlie, der durch den harten Griff kaum noch Luft bekam, wehrte sich verzweifelt. Als endlich sein Mund wieder frei war und er tief atmen konnte, pfiff er so laut durch die Zähne, wie er konnte. Daraufhin schoss Snoopie wie ein Torpedo nach vorne und verbiss sich in den Beinen der Frau. Die schrie auf und versuchte den Hund abzuschütteln, stolperte dabei aber nach hinten und wurde sofort von den Einsatzkräften aufgefangen und entwaffnet.

Sobald Charlie frei war, riss er Snoopie aus der Gefahrenzone und rannte zu seinem Vater und den anderen.

Nachdem die Frau abgeführt war, bedankte sich der Leiter des Einsatzkommandos ganz besonders bei Tessie und der Familie.

„Das war Ana Lee, eine der meistgesuchtesten Frauen der Welt, Tochter einer Chinesin und eines arabischen Terroristen. Wir haben Ihnen wirklich sehr zu danken, denn wir sind die ersten, denen es gelungen ist, sie zu fassen. Und sie wird bereits seit 10 Jahren von Interpol gesucht. Wahrscheinlich war es schon mehr als ein Zufall, dass Sie sich an Fabian gewandt haben. Er ist ein alter Freund von mir und hat mächtig damit angegeben, dass er als erster ein Foto von Ana Lee hatte. Damit konnte unsere Gesichter-Erkennung einiges zuordnen, was für die Beweisführung sehr wichtig ist.“

„Aber das Foto hat Charlie gemacht“, rief Rina und schob ihn nach vorne.

„Gut gemacht, junger Mann“, sagte der Offizier und klopfte ihm anerkennend auf die Schulter. „Und deine Reaktion eben, das war auch Spitze!“

Für den Rest des Tages feierte die Familie mit einigen Hausbewohnern im Garten, wo Tessie und Heidi schnell eine große Tafel improvisiert hatten und Lea und Polly sämtliche Leckereien anboten die Herd und Backofen hergaben.

Und natürlich musste sich Fabian, der die ganze Aufregung verschlafen hatte, die spannende Schilderung der Kids mehrfach anhören. Tessie wäre am liebsten gleich in die Ritterburg gegangen, aber die Polizisten hatten sie gebeten zu warten, bis die Technik und einiges andere entfernt sei.

Nach zwei Tagen war es dann soweit. Staunend besichtigten sie das alte Gemäuer, das innen jetzt in einem Top-Zustand war, aber immer noch seinen historischen Charme hatte.

„Ich könnte mir vorstellen, daraus einen Weinkeller zu machen oder einen urigen Gastraum, wo unsere Stiftung die schottischen Freunde bewirten könnte", schwärmte Lea.

Charlie stand mit auf dem Rücken verschränkten Händen und sah sich kritisch um. „Also ich fand es früher besser", stellte er nachdenklich fest, „da hätten wir so etwas machen können, wie *Dungeon and Dragon,* so etwas Kerkermäßiges, Gruseliges."

Rina, die sich die Haltung abgesehen hatte, stellte sich auch mit verschränkten Händen neben ihn. „Da hast du recht, aber wir könnten so etwas auch jetzt noch machen. Wir hängen ein paar gruselige Sachen auf, wie Spinnweben und Totenköpfe, dann können wir Halloween feiern."

Beide kicherten begeistert. Tessie freute sich darüber, wie wenig die Kinder von den aufregenden Ereignissen beeindruckt waren und wieder scherzen und lachen konnten.

„Ich finde alle Vorschläge gut. Wir sollten heute Abend weiter darüber reden. Irgendwann müssen wir ja auch Entscheidungen zum Blumenhaus treffen, deshalb machen wir heute ein Spiel", erklärte sie mit Blick auf die Kinder, „ein Sechser-Spiel."

„Und da dürfen wir Kinder dabei sein?"Rina riss erstaunt die Augen auf. Charlie zog sie zur Seite. „Wahrscheinlich spielen wir 66 mit Karten, oder?"

Aber Tessie lachte nur. „Lasst euch überraschen!"

Am Abend saßen alle gespannt auf ihren Plätzen, nur Polly und Tessie flüsterten noch im Flur. „Ich hatte einen Anruf von einem Bekannten. Dirk wurde festgenommen, als er versucht hat, Drogen in Musikinstrumenten zu schmuggeln. Meinst du, ich sollte das Rina sagen?"

„Warum solltest du das tun?" Tessie schüttelte den Kopf. „Es würde sie nur an Unangenehmes erinnern. Wie kommt sie denn mit Dennis zurecht?"

Polly strahlte. „Sie hat gestern gefragt, ob sie auch Paps zu ihm sagen darf."

„Und mehr braucht sie nicht. Komm, das Essen wird kalt."

Nach dem Essen breitete Tessie ihre Unterlagen aus, um sich möglichst viele Notizen machen zu können.

„Bei diesem Spiel 66, das ich von Katja habe, geht es um unsere nächsten Familien-Projekte, das Blumenhaus und die Ritterburg. Jeder darf einen Wunsch äußern, was er dort gerne machen würde.

Aber es sollte etwas sein, das uns auch in 6 Monaten oder in 6 Jahren noch Freude machen würde."

Polly hob als erste die Hand. „Ich wünsche mir eine kleine Backstube mit Café, wo ich meine kalorienreduzierten Sachen backen und auch verkaufen könnte. Denn das hat Zukunft und bestimmt länger als 6 Jahre. Es könnte im Blumenhaus sein, aber auch hinter einem Bogenfenster im Baumhaus." Sie strahlte bei ihrem Wunsch so, als ob sie noch ein Ass im Ärmel hätte.

Lea nickte ihr zu und setzte dann fort. „Ich würde im Blumenhaus gerne ein gutes Menü kochen und das vielleicht mit einer Weinverkostung im Keller der Ritterburg kombinieren. Nicht ständig, ich will ja keinen Stress. Aber ab und zu ein paar tolle Genussmomente für ausgesuchte Leute. Das habe ich auch schon mit Heidi besprochen, die wäre dabei. Und gemeinsam bewältigen wir das auch noch in 6 Jahren."

„Ich bin immer noch für einen Gruselkeller in der Ritterburg, da hätten viele Kinder Spaß daran", betonte Charlie und Rina schloss sich an.

Dann schauten alle zu Dennis, der immer noch überrascht schien, wie schnell ihn diese Familie, als einen der ihren betrachtete.

„Mir gefallen bisher alle Ideen. Ich würde mir gerne das Dachgeschoss der Ritterburg als Arbeitsraum ausbauen. Dann wäre ich ständig vor Ort, auch wenn ich andere Aufträge habe und könnte mich um die bauliche Seite eurer Ideen kümmern."

Tessie betrachtete nachdenklich die gesammelten Wünsche. „Mir gefallen auch alle, weil mit jedem Wunsch auch schon die notwendigen Fähigkeiten verbunden sind. Polly will backen, Lea will kochen, Dennis will bauen und ich möchte wie Rina und Charlie etwas für Kinder machen.

Fragt sich nur, in welchem Ergebnis sich alle Wünsche wiederfinden. Wenn es nur um Polly ginge, könnten wir ein Café einrichten, wenn es nur um Lea ginge, ein Restaurant, aber eines, das nicht täglich geöffnet ist.“

Lea und Polly nickten beide überzeugt.

„Aber damit haben wir die anderen Wünsche und auch die Ritterburg nicht einbezogen. Meiner Meinung nach kann ein Projekt, das alles berücksichtigt, nur heißen: Wir eröffnen ein Hotel!“

„Ein Hotel?“ Lea hob beschwörend die Hände. „Ich weiß, wir haben bisher eine Menge erreicht, aber ein Hotel? Das ist doch eine ganz andere Größenordnung. Außerdem ist gerade ein ziemlich großes pleite gegangen. Und ständig wechselnde Gäste, das ist doch Stress pur.“

„Du hast recht, das könnte es schwierig werden lassen. Aber es spricht auch viel dafür. Wir haben das Blumenhaus mit seinen tollen Zimmern, aus denen man elegante Suiten mit großzügigen Bädern machen kann. Wir brauchten dort nur noch eine Küche, einen Empfang und ein kleines Restaurant.

Dann könnten wir alle Vorschläge berücksichtigen, Pollys fantastische Kuchen verkaufen, deine hervorragenden Menüs servieren und in der Ritterburg viel Abwechslung für Kinder bieten. Wir müssen es nur richtig organisieren."

Lea und Polly sahen sich immer noch zweifelnd an, aber Tessie war von ihrer Idee überzeugt und setzte fort. „Ich verstehe eure Einwände gut, deshalb schlage ich ein Event-Hotel vor. Das ist nicht ständig geöffnet, sondern nur zu ausgesuchten Höhepunkten, wo wir für drei Tage oder maximal eine Woche unvergessliche Erlebnisse schaffen. Das Ganze wird nicht wie im Hotel anschließend bezahlt, sondern wie eine Reise vorher verkauft. Das schafft auch Sicherheit für uns."

Sie sah auf und merkte an den Gesichtern, dass der Funke noch immer nicht gezündet hatte. „Ich stelle mir so etwas vor, wie *Stadturlaub mit und ohne Kinder*. Die Kinder wären drei Tage in der Ritterburg und erleben dort Abenteuer, wie sie es sonst in einer Stadt kaum können. Während die Eltern im Blumenhaus wieder etwas Paar-Romantik erleben, ein Candle-Light-Dinner am Kamin, Verwöhn-Momente im Spa oder auch als Kontrastprogramm ein Rock-Konzert mit einer Gruppe, die sie mit 18 schon gehört haben."

„Keine Rockmusiker!", erklärten Polly und Lea entschieden und Tessie hob besänftigend die Hände und nickte grinsend.

„So etwas könnte man auch für Ältere machen", begeisterte sich Lea jetzt auch. „Eine Reise in die Fünfziger oder die Sechziger, mit

Party und der richtigen Kleidung, vielleicht noch einen Star aus der Zeit. Da würden uns die Leute die Karten aus der Hand reißen. Oder Julian und ich machen einen Kurs für Whisky-Kenner und solche, die es werden wollen."

„Wir könnten auch Backkurse anbieten, entweder nur für die Kinder oder auch mit den Eltern gemeinsam, das wäre Spitze", freute sich Polly.

„Und wir denken uns für die Ritterburg ein Krimispiel aus, wo die Kinder raten und einen Fall lösen müssen", schlug Charlie vor und Rina kicherte. „Aber es muss richtig gruselig sein."

Und dann folgten so viele Vorschläge, dass Tessie kaum mit dem Notieren nachkam. „Stopp! Ich sehe, wir sind auf dem richtigen Weg."

„Vergiss nicht die Hindernisse", brachte sich Lea in Erinnerung. „Da gibt es einige."

„Richtig! Und da beginne ich gleich", stellte Tessie lakonisch fest. „Wir haben erstens keine Ahnung, wie man ein Hotel führt, ich auf jeden Fall nicht. Ihr habt wenigstens schon in einem Hotel gearbeitet. Wir brauchen zweitens eine Menge Genehmigungen, mindestens eine Schankkonzession, sonst dürfen wir statt Whisky nur Limonade ausschenken."

„Und drittens fehlt das Geld!" Lea sah in die Runde. „Mir jedenfalls. Ich bekomme zwar jetzt zu meiner Rente eine Zahlung vom Stiftungsvorstand, aber sonst bin ich blank. Es sei denn, du denkst jetzt an einen Bankkredit?"

„Ich sehe das nicht ganz so schwarz wie du", begann Tessie. „Aber Bankkredite bereiten mir Sodbrennen. Wir könnten wieder ein Crowdfunding machen, aber eins, das über die Familie hinausgeht. Jeder kann sich so hoch beteiligen, wie er möchte oder kann und bekommt dafür eine Rendite oder eine andere Gegenleistung. Ich steige mit dem Geld für das Brand-Grundstück ein."

„Ich beteilige mich auch", rief Polly stolz. „Ich habe nämlich einen zweiten Buchvertrag. Nachdem mein erstes ein richtiger Bestseller geworden ist, kommt jetzt *Süßes für Kaloriensparer*. Das kriege ich locker hin. Und gesponsert wird es von der Firma, in der ich neulich mit den Kindern war."

„Sobald ich meine Entschädigung habe, bin ich auch dabei", meldete sich Dennis.

Rina und Charlie flüsterten noch, dann hob Rina die Hand. „Unsere Belohnung für den Schatz aus dem Keller, die wollen wir auch…", fragend sah sie Charlie an.

„Wir wollen das investieren", ergänzte er stolz.

„Das ärgert mich jetzt richtig, dass ich nicht dabei sein kann", seufzte Lea. „Aber vielleicht kann ich einige andere gewinnen, die auch in diesem Schwarm mitmachen wollen."

„Der Plan, wie wir das alles angehen, ist jetzt mein Part", fasste Tessie zusammen. „Ich bereite alles vor und stimme mich mit jedem von euch ab. Ihr überlegt genau, was gebraucht wird und wo

wir es möglichst günstig kaufen oder beschaffen können Aber wir
sind uns einig: Wir eröffnen ein Event-Hotel!"

Und alle stimmten mit erhobenen Händen zu.

„Halt", rief Rina, „das ist jetzt ein ganz wichtiger Moment. Charlie
macht ein Foto, das kann er gut und ich halte das Plakat hoch."

Auf ein großes Blatt hatte sie geschrieben:

WIR ERÖFFNEN EIN HOTELL.

Und dieses Bild kam auf die erste Seite der neu angelegten Hotel-
Chronik, in der alle Fortschritte festgehalten werden sollten.

„Aber du hast das Wort falsch geschrieben", murrte Charlie.

„Ich weiß", grinste Rina. „Aber wie sagt Oma Tessie immer?
Es hätte schlimmer kommen können!

-   Ende des 1. Bandes -

Von der Autorin sind im BoD-Verlag bereits erschienen:

- Sophie und die Krimifrauen vom alten Bahnhof -1-
  Cosy-Crime-Geschichten

- Sophie und die Krimifrauen vom alten Bahnhof -2-
  Cosy-Crime-Geschichten

- Sophie und die Krimifrauen vom alten Bahnhof -3-
  Cosy-Crime-Geschichten

- Die Weiberwirtschaft
  Frauenpower im Mühlengrund

- Die Silver Girls
  Das Programm gegen Jugendschwund

- Das gibt es doch nicht!
  Unmögliche und fantastische Geschichten 1

- Das ist wirklich das Allerletzte!
  Unmögliche und fantastische Geschichten 2

- Jetzt ist aber Schluss!
  Unmögliche und fantastische Geschichten 3

- Alles auf Anfang!
  Unmögliche und fantastische Geschichten 4

- Der Club der kleinen Millionäre -1-
  Coole Kids und der clevere Umgang mit Geld

- Der Club der kleinen Millionäre -2-
  Von Pfunden, Freundschaft und Hunden

- Der Club der kleinen Millionäre -3-
  Coole Kids und eine rätselhafte Schatzkarte

- Immer wieder aufstehen!
  Kurzgeschichten zum Mut machen

- Klara und die Monster
  Mit Mutpunkten gegen die Angst

- Das Monster im Schrank
  Wenn Kinder Angst haben - Ratgeber